THEATERBIBLIOTHEK

Spielplatz 6

Fünf Theaterstücke für Kinder
von Lilly Axster, Horst Hawemann,
Rudolf Herfurtner, Christian Martin,
Bojan Papasow

Herausgegeben von Marion Victor

Verlag der Autoren

CIP-Titelaufnahme der Deutschen Bibliothek
Spielplatz . . .: . . . Theaterstücke für Kinder. – Frankfurt am Main: Verl. d. Autoren
(Theaterbibliothek)
Erscheint jährl. – Aufnahme nach 1 (1988)

1 (1988) –

Umschlagzeichnung: Friedrich Karl Waechter
Gesamtherstellung: Druck- und Verlags-Gesellschaft mbH, Darmstadt
Printed in Germany
ISBN 3-88661-140-X

INHALT

ANHANG

Lilly Axster
Schattenriß

PERSONEN

MÄDCHEN / MÄDCHENSCHATTIN
MUTTERFRATZE / FREMDE SCHATTIN / HOLLYWOODMUTTER
VATERFRATZE / FREMDER SCHATTEN / HOLLYWOODVATER

Es spielen 3 SchauspielerInnen

In der letzten Szene übernimmt die Rolle der Mädchenschattin die Schaupielerin, die die Mutterfratze, fremde Schattin und Hollywoodmutter spielt.

Das Mädchen steht im Licht.
Auf der Wand gegenüber Ihr Schatten.
Das Mädchen bewegt sich und beobachtet dabei genau, wie ihr Schatten sich mitbewegt.
Plötzlich schießt das Mädchen auf den Schatten. Black.

MÄDCHEN Tot!

Licht. Mädchen und ihr Schatten wie vorher.

MÄDCHEN Wenn du reden könntest, gäb es dich –
auch ohne Licht. Man würde dich hören im
[Dunkeln.
Ich weiß, Schatten hört man nicht.
Wenn wir tauschen könnten ...
du mit meiner Stimme, und ziemlich laut.

Ihr Schatten wandert über die Decke, die Wände entlang, in die Ecken.

MÄDCHEN Wenn wir tauschen könnten ...
ich würde an den Wänden entlangspazieren und
an der Decke
alles von oben sehen
andere Schatten treffen an der Decke
da kommt er niemals hin

Das Mädchen verharrt, der Schatten ebenso.
Plötzlich bewegt sich ihr Schatten, obwohl das Mädchen die Position nicht verändert. Das Mädchen erschrickt. Ihr Schatten kommt auf sie zu. Das Mädchen hält sich panisch die Augen zu.
Schmalzige Musik.
Kitsch as Kitsch can.

Hollywood:
Die Hollywood-Mutter tanzt herein über die ganze Bühne. Die Welt gehört ihr, Wind weht durch die offenen Haare, würden über die Bühne Cabriolets fahren, sie säße in einem solchen.

Fratzenwelt:
Mit dem Auftritt der Vaterfratze verzerrt die Musik und wird abgewürgt. Die Hollywood-Mutter schnurrt zur Mutterfratze zusammen. Die Fratzen sitzen fest, wie angeschraubt.

M-FRATZE Das Kind schweigt.
V-FRATZE Es sagt nichts.
M-FRATZE Es schweigt.
V-FRATZE Ob es schläft?
M-FRATZE Es schläft nicht, es schweigt.
V-FRATZE Schweigen Kinder?
M-FRATZE Wenn sie brav sind.
V-FRATZE Also ist es brav.
M-FRATZE Nein, es schweigt.
V-FRATZE Also ist es nicht brav.
M-FRATZE Nein.
V-FRATZE Kinder schweigen nicht?
M-FRATZE Nicht so.
V-FRATZE Ob es müde ist?
M-FRATZE Es ist verrückt.
V-FRATZE Was?
M-FRATZE Es.
V-FRATZE Es ist verrückt?
M-FRATZE Ja.
V-FRATZE Wahrscheinlich.
M-FRATZE Ja.

V-FRATZE Es ist nicht unser Kind.
M-FRATZE Nein, es schweigt.
V-FRATZE Unser Kind spricht.
M-FRATZE Haben wir eins?
V-FRATZE Kennen wir uns?
M-FRATZE *schweigt.*
V-FRATZE Wenn es nicht schweigen würde.
M-FRATZE Kinder sollen lachen.
V-FRATZE Mädchen sollen freundlich sein.
M-FRATZE Nicht schweigen.
V-FRATZE Nur, wenn wir es wollen.
M-FRATZE Jetzt wollen wir es nicht.
V-FRATZE Es geht ihm gut.
M-FRATZE Wem?
V-FRATZE Dem Mädchen. Es wird geliebt. Es wird gestreichelt.
M-FRATZE Aber es schweigt.
V-FRATZE Mein Mädchen. Alles ist in Ordnung.
M-FRATZE Nicht, wenn es schweigt.
V-FRATZE Es lebt.
M-FRATZE Lebt es?
V-FRATZE Es muß leben.
M-FRATZE Muß es?
V-FRATZE Es muß.
M-FRATZE Gut.
V-FRATZE Es saftet.
M-FRATZE Es giftet.
V-FRATZE Wir brauchen etwas zum Spielen.
M-FRATZE Kinder.
V-FRATZE Mädchenkinder.
M-FRATZE Ist es ein Mädchen?
V-FRATZE Mädchen schweigen.
M-FRATZE Aber nicht immer.
V-FRATZE Mein Mädchen.

Das Mädchen hat die ganze Zeit den Mund fest zusammengekniffen. Jetzt kann sie den Mund nicht mehr zuhalten und spuckt.

Wir sind in der Schattenwelt. Die Schattenwelt ist spielerisch, tänzerisch. Schatten und Schattin bewegen sich anders als Menschen. Und oben ist nicht unten. Die Schattenwelt ist leicht, von der Schwerkraft befreit, zu allem bereit.
Die Mädchenschattin, die fremde Schattin und der fremde Schatten spielen das Spuckspiel. Wer spuckt am weitesten, wer am rutschigsten.
Die fremde Schattin hat zwischendurch immer wieder Atembeschwerden. Sie kriegt schlecht Luft. Der fremde Schatten ist sehr schreckhaft. Bei der kleinsten Überraschung zuckt er zusammen. Aber diese kleinen Handicaps sind beiden vertraut, ja fast schon lieb.
Die Mädchenschattin spuckt, die beiden Fremden applaudieren.

FREMDER SCHATTEN Bei meiner Schattenehre – das war ein Volltreffer.
FREMDE SCHATTIN Es ist zum Auswachsen.
MÄDCHENSCHATTIN Nocheinmal.
FREMDE SCHATTIN *spuckt* Daneben.
FREMDER SCHATTEN *spuckt.*
MÄDCHENSCHATTIN *applaudiert.*
FREMDE SCHATTIN Bravo. Treffer. – Mir ist heiß hier oben an der Decke. Die Luft ist schlecht. Mir wird eng.
FREMDER SCHATTEN Unten ist alles vollgespuckt. Rutschig.
MÄDCHENSCHATTIN Dann gehen wir an die Wand.

FREMDE SCHATTIN Ohne mich! An die Wand! Unverputzt. Unverblümt. Noch nicht einmal Tapete. Lieber Atemnot hier oben als Rheuma an der kalten Wand.

MÄDCHENSCHATTIN *kaum zu bremsen* Ich sehe was, was ihr nicht seht, und das ist grau.

FREMDER SCHATTEN In der Nacht sind alle Schatten grau.

FREMDE SCHATTIN Mir wird schwarz vor Augen.

FREMDER SCHATTEN Tief durchatmen.

FREMDE SCHATTIN Es geht schon. Diese Enge.

MÄDCHENSCHATTIN Wo? Die ganze Decke für uns, alle Ecken, die Wände, so viel Platz.

FREMDE SCHATTIN Das verstehst du nicht.

FREMDER SCHATTEN Die alte Geschichte.

MÄDCHENSCHATTIN Ich sehe was, was ihr nicht seht, und das ist grau.

FREMDE SCHATTIN Graue Zellen.

MÄDCHENSCHATTIN Nein.

FREMDER SCHATTEN Grau?

MÄDCHENSCHATTIN Ja.

FREMDER SCHATTEN Grau grau grau sind alle meine Kleider . . .

MÄDCHENSCHATTIN Ihr ratet es nie.

FREMDER SCHATTEN Wir sind zu alt.

MÄDCHENSCHATTIN Na und?

FREMDER SCHATTEN Alt und Grau.

FREMDE SCHATTIN Hört hört.

FREMDER SCHATTEN Ich sehe was, was ihr nicht seht, und das ist schnell.

MÄDCHENSCHATTIN Schnell?

FREMDE SCHATTIN Nimm ihn nicht ernst. Schattenschrullen.

FREMDER SCHATTEN Na?

MÄDCHENSCHATTIN Wie?

FREMDER SCHATTEN Ich sehe was, was ihr nicht seht, und das ist schnell.

MÄDCHENSCHATTIN Der Weberknecht.

FREMDER SCHATTEN Genau! – Und direkt ins Spinnennetz.

FREMDE SCHATTIN Schnell dem Ende zu.

MÄDCHENSCHATTIN Der Arme.

FREMDE SCHATTIN Wer nichts mehr zu verlieren hat, sieht klarer.

MÄDCHENSCHATTIN Stellt euch vor, ich wäre der Schatten eines Weberknechts.

FREMDE SCHATTIN Bißchen klein.

FREMDER SCHATTEN Je nach Lichtverhältnissen.

FREMDE SCHATTIN Besserwisser.

FREMDER SCHATTEN Asthmatikerin.

FREMDE SCHATTIN Porzellankiste! – Wenn alle Schatten Menschen wären, gäbe es noch mehr Menschen.

FREMDER SCHATTEN Bitte nicht.

FREMDE SCHATTIN Stellt euch vor, wir stünden im Licht und die Menschen wären im Kamin eingeklemmt –

MÄDCHENSCHATTIN – oder würden an den Wänden kleben –

FREMDE SCHATTIN – oder müßten sich ständig an unsere Fersen heften, jedem Muskelkater zum Trotz –

FREMDER SCHATTEN Traumtänzerinnen!

MÄDCHENSCHATTIN Ich sehe was, was ihr nicht seht –

FREMDE SCHATTIN Nicht schon wieder. Bitte. Mir ist eng. Das Wasser steht mir bis zum Hals.

FREMDER SCHATTEN Heißblüterin.

FREMDE SCHATTIN Frischer Wind tut not.

MÄDCHENSCHATTIN *zählt aus* Ene mene mink mank –

FREMDER SCHATTEN – pink pank ose pose packe dich –

MÄDCHENSCHATTIN Eia weia weg. *Fremde ist ausgezählt.*

FREMDE SCHATTIN Es ist zum Eingehen. Immer zählst du falsch aus.

MÄDCHENSCHATTIN *zählt nocheinmal aus mit demselben Ergebnis.*

FREMDE SCHATTIN Zum Verblassen.

MÄDCHENSCHATTIN Du bist aus. Wir spielen weiter.

FREMDE SCHATTIN Diese Jugend.

MÄDCHENSCHATTIN Dieses Alter!

FREMDE SCHATTIN *hustet laut.*

FREMDER SCHATTEN Pscht.

FREMDE SCHATTIN Was ist?

FREMDER SCHATTEN *geheimnisvoll* Vorsicht ist die Mutter der Porzellankiste.

MÄDCHENSCHATTIN *zur Fremden* Wieso kriegst du so schlecht Luft?

FREMDE SCHATTIN Schlechte Erinnerungen. Platzangst. Kümmer dich nicht darum.

FREMDER SCHATTEN Also: was spielen wir?

MÄDCHENSCHATTIN Wer am längsten nicht lacht.

Sie versuchen sich gegenseitig zum Lachen zu bringen.

MÄDCHENSCHATTIN Und jetzt: wer am längsten schweigt.

FREMDER SCHATTEN Aber –

MÄDCHENSCHATTIN Verloren! Also –

FREMDE SCHATTIN *hustet.*

MÄDCHENSCHATTIN Verloren!

Alle schweigen um die Wette.

MÄDCHENSCHATTIN *unterbricht* Was wäre, wenn ich nur noch schweigen würde?

FREMDER SCHATTEN Wir würden uns Sorgen machen.

MÄDCHENSCHATTIN Echt?

FREMDE SCHATTIN Ja sicher. Wir würden dir Schattenpastillen geben. Stärken die Kontur, klaren den Blick auf, gegen Schattenfieber-, -kummer und Schüttelfrost.

FREMDER SCHATTEN Wir würden mit dir spielen, bis du wieder redest.

MÄDCHENSCHATTIN Und was?

FREMDER SCHATTEN Zum Beispiel: wer den längsten Schatten wirft.

FREMDE SCHATTIN Oder: wer über den eigenen Schatten springen kann.

FREMDER SCHATTEN Gut. Wer fängt an?

MÄDCHENSCHATTIN *zählt aus* Eins zwei drei und du bist an der Reih. *Sie ist selber dran und versucht, über sich selber zu springen; landet in den Armen des Fremden.*

FREMDER SCHATTEN *fängt sie auf; zählt aus* Eins zwei drei – *will einen Witz machen und streichelt die Mädchenschattin* – ei ei ei –

Mädchenschattin springt erschrocken von seinem Arm.

Fratzenwelt:
Elternfratzen und Mädchenbaby.

V-FRATZE Ei ei ei.
M-FRATZE So ein kleines Baby.
V-FRATZE Ei ei ei.
M-FRATZE Sowas Kleines.
V-FRATZE Ei ei ei.
MÄDCHEN *als Baby, macht Babytöne.*
M-FRATZE Pscht.
V-FRATZE Eine Stimme wie ein Bub.
M-FRATZE Pscht.
V-FRATZE Ei ei ei.
M-FRATZE Wie ein Bub.
V-FRATZE Unser Kind.
MÄDCHEN *macht Babytöne.*
V-FRATZE Es krabbelt.
M-FRATZE Es brabbelt.
V-FRATZE Unser Schatz.
M-FRATZE Ei ei ei.
V-FRATZE Es strampelt.
M-FRATZE Es hampelt.
V-FRATZE Ei ei ei.
M-FRATZE Sowas.
V-FRATZE Es saftet.
M-FRATZE Es giftet.
MÄDCHEN *macht Babytöne.*
M-FRATZE Wer wird denn da am Daumen –
V-FRATZE – lutschen?
MÄDCHEN *brabbelt vor sich hin.*
M-FRATZE Pscht, so ein kleines etwas ... tetete ...
V-FRATZE Ein kleines Mädel und so vorlaut.
MÄDCHEN *wird leiser.*
V-FRATZE So ist es brav. Das hat es gern.
M-FRATZE Gutes Mädel.
V-FRATZE Ganz ruhig, ja.
M-FRATZE Lieb.

V-FRATZE Und ein Lächeln.
MÄDCHEN *schneidet Grimassen.*
V-FRATZE Na? Lächeln, na? Du mußt dir Mühe geben.
M-FRATZE Lächeln –
V-FRATZE – für den Papa.
M-FRATZE Für den Papa.
MÄDCHEN *lächelt.*
V-FRATZE Ja.
M-FRATZE Schön.
MÄDCHEN *will krabbeln.*
M-FRATZE Langsam.
V-FRATZE Bleib bei Papa. So.
M-FRATZE So.
MÄDCHEN *bleibt, plappert.*
M-FRATZE Jajajaj, so geschwätzig.
V-FRATZE Für das Alter
MÄDCHEN *wird leiser.*
V-FRATZE Na?
M-FRATZE Hmmm?
MÄDCHEN *schweigt, schnurchelt.*
M-FRATZE Ei ei ei.
V-FRATZE Es schnurchelt.
M-FRATZE Es schnorchelt.
V-FRATZE Es muß gestreichelt werden.
M-FRATZE *streichelt.*
MÄDCHEN *reagiert nicht.*
M-FRATZE Hmmm?
V-FRATZE Das hat es gern.
M-FRATZE Das ist schön.
V-FRATZE Eins zwei drei ei ei ei.
M-FRATZE Nur ruhig.
V-FRATZE So.
MÄDCHEN *seufzt.*

M-FRATZE Es dröhnt.
V-FRATZE Es stöhnt.
M-FRATZE Es ist verwöhnt.

Mädchen gibt keinen Ton mehr von sich, vergräbt sich.

FRATZEN *zufrieden.*
M-FRATZE Ein schöner Tag.
V-FRATZE Morgen spielen wir weiter.
M-FRATZE Morgen sind wir wieder heiter.
V-FRATZE Morgen lieben wir einander.
M-FRATZE Wie immer.
V-FRATZE Wie alle.
M-FRATZE Das ist gut für es.
V-FRATZE Das hat es gern.
M-FRATZE Unser Schatz.
V-FRATZE Unser Spatz.

Schattenwelt.

MÄDCHENSCHATTIN Eins zwei drei – und du bist an der Reih. *Zeigt auf die Fremde Schattin.*
FREMDE SCHATTIN Liebe ist ... den andern nicht in den Schatten zu stellen.
FREMDER SCHATTEN Liebe ist, ... die Kontur zu bewahren.

Fremder Schatten und Fremde Schattin spielen die Liebesszene genußvoll aus.

FREMDE SCHATTIN Liebe ist ... einander der Lichtblick zu sein.
FREMDER SCHATTEN Liebe ist ... die andere in das eigene Schattenreich einzuladen.

FREMDE SCHATTIN Liebe ist ... den anderen nicht zu verformen.

FREMDER SCHATTEN Liebe ist ... der anderen im Sommer ein schattiges Plätzchen anzubieten.

MÄDCHENSCHATTIN *unterbricht* Seid ihr ein Liebespaar?

FREMDE SCHATTIN *belustigt* Sieht so aus.

FREMDER SCHATTEN Im Moment ja.

FREMDE SCHATTIN Schattenliebe vergeht.

MÄDCHENSCHATTIN Wann?

FREMDE SCHATTIN Wenn wir das wüßten, wären wir kein Liebespaar.

FREMDER SCHATTEN Wir sind sprunghafte Wesen.

FREMDE SCHATTIN Man wird sehen.

MÄDCHENSCHATTIN Liebespaare lieben sich immer.

FREMDE SCHATTIN *lacht laut.*

FREMDER SCHATTEN *erschrickt.*

FREMDE SCHATTIN Die alten Tricks.

MÄDCHENSCHATTIN Sonst würden sie nicht so heißen.

FREMDE SCHATTIN Das ist eine lange Geschichte.

FREMDER SCHATTEN Verstehst du noch nicht.

FREMDE SCHATTIN Das versteht jede.

FREMDER SCHATTEN Nein.

FREMDE SCHATTIN Es ist einfach.

FREMDER SCHATTEN Wir werden doch einer Kinderschattin nicht von der Liebe erzählen.

FREMDE SCHATTIN Kinder kennen sich aus in Liebe.

FREMDER SCHATTEN Du bist unverbesserlich.

FREMDE SCHATTIN Du bist ein Aufgeber. Alt. Verblaßt.

FREMDER SCHATTEN Vorsicht ist die Mutter der Porzellankiste.

FREMDE SCHATTIN Man wird sehen.

FREMDER SCHATTEN Die alten Schrullen.
MÄDCHENSCHATTIN Wieso liebt ihr euch nicht?
FREMDE SCHATTIN Wer sagt, daß wir uns nicht lieben?
FREMDER SCHATTEN *scherzhaft* Würdest du die lieben?
FREMDE SCHATTIN Würdest du den lieben?
MÄDCHENSCHATTIN *scharf* Wer seid ihr?
FREMDE SCHATTIN Das weißt du doch.
FREMDER SCHATTEN Ein Schatten unterwegs.
FREMDE SCHATTIN Eine Schattin auf Reisen.
MÄDCHENSCHATTIN *ernst* Wo kommt ihr her?
FREMDER SCHATTEN Wieso so ernst?
FREMDE SCHATTIN *fällt ihm ins Wort* Aus dem Knast.
FREMDER SCHATTEN Du übertreibst.
FREMDE SCHATTIN Misch dich nicht ein.
FREMDER SCHATTEN Überleg dir, was du sagst.
FREMDE SCHATTIN Der alte Streit.
MÄDCHENSCHATTIN Knast? Wieso?
FREMDE SCHATTIN Wieso Knast? *Geheimnisvoll.* Stell dir vor: ein Haus, klein, alles sauber, alles rein, ganz fein, aber sehr allein. Vor den Fenstern Gardinen mit einem goldenen Gittermuster, wie ein Vogelkäfig, aber ein goldener.
Das Haus blitzt, blank und leer. Sauber und doch rutscht man aus und ab. Kein Tier, kein Ton, ein Kind, so sauber wie die Badehandtücher, die frischen, glatt gemangelt. Nachbarinnen in sicherer Entfernung, außer Ruf- aber in Schußweite.
Es ist still im Haus, das Atmen stört. Alles ist da, alles ist klar, die Gardinen leuchten gittrig, knastig, der goldene Käfig sperrt ein, macht klein – willst du die Schattin von so jemand sein?

MÄDCHENSCHATTIN Nein.
FREMDE SCHATTIN Diese Dinge färben ab auf uns – sieh mich an
diese Enge, ich krieg kaum Luft
eingeklemmt gehemmt
dieser Kloß im Hals
diese Enge im Herz
das hab ich von der Frau
die erfriert in ihrem Nerz
FREMDER SCHATTEN Du ereiferst dich.
FREMDE SCHATTIN Allerdings.
FREMDER SCHATTEN Sie versteht dich nicht.
FREMDE SCHATTIN Woher weißt du das?
FREMDER SCHATTEN Bitte.
FREMDE SCHATTIN Sie hat gefragt und ich antworte.
MÄDCHENSCHATTIN *zum Fremden* Und du?
FREMDER SCHATTEN Und ich?
FREMDE SCHATTIN Siehst du!
FREMDER SCHATTEN *zögernd, aber auch geheimnisvoll* Stell dir vor, ein Mann, der alles kann.
So denken die Leute.
Er kann aber nicht, der Wicht.
Sein wahres Gesicht, das zeigt er nicht.
Also schaut er fratzig herum, ziemlich dumm.
Hinter der Fratze fällst du tief, siehst du viel,
dieses Zittern, dieses Schlottern, dieses Bibbern und Sabbern
vor Angst.
Angstschweiß geht in die Hose und macht klein
und gemein. Willst du der Schatten von so jemand sein?
MÄDCHENSCHATTIN Nein.
FREMDER SCHATTEN Diese Dinge färben ab auf uns, sieh mich an

ich erschreck mich, wo ich kann
das hab ich von dem Mann
der sich selbst nicht ausstehen kann.
FREMDE SCHATTIN *zur Schattin* Und du?
MÄDCHENSCHATTIN Das wißt ihr doch.
FREMDE SCHATTIN Nein.
FREMDER SCHATTEN Woher sollten wir das wissen?

Mädchenschattin wird kurz zum Mädchen, die wieder ihrer Schattin an der Wand gegenübersteht. Das Mädchen geht so nah an die Wand, daß sie den Schatten anfaßt. Dann wird sie selber wieder die Schattin. Sie zählt aus, Spiel, sucht mit Hilfe der beiden anderen nach Reimen.

MÄDCHENSCHATTIN Es ist still
weil ich es will
dabei würd ich lieber ...
FREMDER SCHATTEN ... sprechen –
FREMDE SCHATTIN ... und mich rächen –
MÄDCHENSCHATTIN Ton für Ton –
FREMDE SCHATTIN äh ... Tat für Tat – Wort für Wort –
MÄDCHENSCHATTIN und –
FREMDER SCHATTEN bin ich jetzt hier oder dort
bin ich Satz oder Wort
MÄDCHENSCHATTIN bin ich doof oder schlau
FREMDE SCHATTIN nüchtern oder blau
trink ich Gin oder Kakao
MÄDCHENSCHATTIN mach ich Muh oder wauwau
FREMDER SCHATTEN bin ich ein äh –
MÄDCHENSCHATTIN Schatz oder Schlatz
FREMDER SCHATTEN was ist was
und –

Fratzenwelt:
Elternfratzen und Mädchen, noch klein.

M-FRATZE Wer ist das?
MÄDCHEN *setzt sich gerade hin. Sie hat struwwelige Haare, einen Schokoladenmund usw.*
V-FRATZE Ist das wer?
MÄDCHEN *schaut auf.*
M-FRATZE Ich kenne mich nicht aus.
V-FRATZE Wo ist wer?
MÄDCHEN *steht auf.*
V-FRATZE Ich sehe niemanden.
MÄDCHEN *nimmt Haltung an.*
M-FRATZE Da ist doch etwas.
V-FRATZE Ach was.
MÄDCHEN *macht sich klein.*
V-FRATZE So geht das nicht.
MÄDCHEN *streicht sich die Haare aus dem Gesicht.*
V-FRATZE Wir müssen uns auskennen.
M-FRATZE Sicherheiten.
MÄDCHEN *streicht ihre Haare glatt.*
M-FRATZE Ich spüre etwas.
MÄDCHEN *wischt sich den Mund ab.*
M-FRATZE Deutlich.
MÄDCHEN *steckt ihr Hemd in die Hose.*
V-FRATZE Wirklich?
M-FRATZE Ja.
MÄDCHEN *zieht die Hose glatt.*
V-FRATZE Alles in Ordnung?
M-FRATZE Jetzt wird es gut.
MÄDCHEN *wie aus dem Ei gepellt.*
V-FRATZE Also denn?!
M-FRATZE *zur V-fratze* Das hast du gern.
MÄDCHEN *lächelt.*

V-FRATZE Sie ist ein Schatz.
M-FRATZE Schön.
V-FRATZE Wie du.
M-FRATZE *strahlt* Wir können gehn.

Schmalzige Musik.
Kitsch as Kitsch can.
Hollywood:
Die perfekte Kleinfamilie präsentiert sich mit strahlendem Lachen zum Fototermin für das Familienalbum. Die Zähne blitzen weiß, die Herzen schlagen hoch.

Die Musik stürzt ab. Fratzenwelt: Elternfratzen und Mädchen, schon groß. Es kommt zu keiner Berührung zwischen Vaterfratze und Mädchen. Mutterfratze schweigt und schweigt und schweigt.

V-FRATZE *lieb* Sei locker.
MÄDCHEN –
V-FRATZE Ganz locker.
MÄDCHEN –
V-FRATZE So.
MÄDCHEN –
V-FRATZE Mein Mädchen.
MÄDCHEN –
V-FRATZE Unser Mädchen.
MÄDCHEN –
V-FRATZE Mama ist auch da.
MÄDCHEN –
V-FRATZE Das tut gut.
MÄDCHEN –
V-FRATZE Ei ei ei.
MÄDCHEN –
V-FRATZE Ich habe dich lieb.

MÄDCHEN –
V-FRATZE Wir haben dich lieb.
MÄDCHEN –
V-FRATZE Was ist? Schlaf schön.
MÄDCHEN –
V-FRATZE Was ist? Schlaf schön.
MÄDCHEN –
V-FRATZE Das ist für dich.
MÄDCHEN –
V-FRATZE Ganz allein für dich.
MÄDCHEN –
V-FRATZE Ganz allein.
MÄDCHEN –
V-FRATZE Nur für dich.
MÄDCHEN –
V-FRATZE Komm.
MÄDCHEN –
V-FRATZE Einmal lächeln. Nur ein bißchen.
MÄDCHEN –
V-FRATZE Ja.
MÄDCHEN –
V-FRATZE Das hast du gern.
MÄDCHEN –
V-FRATZE Das hast du gern.
MÄDCHEN –
V-FRATZE Das hast du gern.
MÄDCHEN –
V-FRATZE Du mußt dir Mühe geben.
MÄDCHEN –
V-FRATZE Unser Geheimnis.
MÄDCHEN –
V-FRATZE Das gehört nur dir und mir. Behalt es für dich.
MÄDCHEN –

V-FRATZE Nur für dich. Dann wird es schön.
MÄDCHEN –
V-FRATZE Im Leben.
MÄDCHEN –
V-FRATZE Für dich.
MÄDCHEN –
V-FRATZE Ich bin bei dir.

Die Mutterfratze verschwimmt. Wird zur strahlenden Hollywoodmutter. Und wieder zur Fratze. Und zur fremden Schattin. Will etwas sagen und ist schon wieder Fratze. Usw. Es ist still.
Wie wenn der Mutterfratze/Hollywoodmutter/Fremden Schattin der Ton abgestellt worden wäre; es knackt noch nicht einmal in der Box.

Schattenwelt.
Die Mädchenschattin und der Fremde Schatten stehen sich in Duellhaltung gegenüber. Spiel. Spannung. Die Fremde Schattin japst nach Luft. Plötzlich ziehen Mädchenschattin und Fremder Schatten gleichzeitig. Die Mächenschattin ist getroffen. Der Fremde Schatten pustet den »rauchenden Colt«.

FREMDER SCHATTEN Lucky Luke. Der Mann, der schneller zieht als sein Schatten.
FREMDE SCHATTIN Das ist gelogen, das ist gezeichnet, das kann nicht sein.
FREMDER SCHATTEN Ich bin in Schattenschweiß gebadet.
FREMDE SCHATTIN Die Luft ist dünn hier oben. Mir wird eng.
MÄDCHENSCHATTIN Getroffen. Ich geh ein.
FREMDER SCHATTEN Bei meiner Schattenehre – das ist der Tod.

MÄDCHENSCHATTIN Ich sterbe.
FREMDE SCHATTIN Kontur bewahren!
FREMDER SCHATTEN Nur nicht die Farbe verlieren!
MÄDCHENSCHATTIN Ich löse mich auf. Hilfe, ich verblasse!
FREMDE SCHATTIN Der Schein trügt.
MÄDCHENSCHATTIN *stirbt einen röchelnden Westerntod.*
FREMDER SCHATTEN Stell dir vor, du bist ein Mensch und dein Schatten stirbt.
FREMDE SCHATTIN Da bist du verloren. Orientierungslos im Raum und in der Zeit. Schattenlos. Nackt.
MÄDCHENSCHATTIN *blinzelt.*
FREMDER SCHATTEN Da würden sie wenigstens sehen, was sie an uns haben.
MÄDCHENSCHATTIN *weint.*
FREMDER SCHATTEN *erschrickt* Das war nur ein Spiel.
Ich meine das doch nicht ernst. Kinderspiele.
FREMDE SCHATTIN *lacht ihn aus* Kinderspiele. Wer ist da das Kind? Du könntest ihr Schattenvater sein.
FREMDER SCHATTEN Na und?
MÄDCHENSCHATTIN *zielt auf den Fremden Schatten*
FREMDER SCHATTEN *zur Fremden Schattin* Siehst du. *Spielt mit.* Gut. Jetzt du. *Spielerisch.* Duell?
MÄDCHENSCHATTIN *will schießen, kann nicht.*
FREMDER SCHATTEN Ladehemmung?
FREMDE SCHATTIN Trau dich nur. Du lebst ja auch noch.
MÄDCHENSCHATTIN *schießt.*

Der Fremde Schatten fällt um, steht wieder auf, fällt wieder um usw. Die Fremde Schattin steigt auch in das

Spiel ein. Mädchenschattin wieder ausgelassen. Schließlich liegen alle drei am Boden. Ein Moment Stille.

FREMDE SCHATTIN Stell dir vor, du bist im Vogelkäfig – und die Tür steht offen.

Alle drei spielen Vogelkäfig und jemand, die sich mit Ach und Krach und der allerletzten Zehenspitze traut, den Fuß vor die Tür zu setzen. Slapsticknummer.

MÄDCHENSCHATTIN *hat als erste eine neue Idee* Ich sehe was, was ihr nicht seht.
FREMDER SCHATTEN Eine Sonnenfinsternis.
FREMDE SCHATTIN Ein Schattenkabinett.
MÄDCHENSCHATTIN Kalt.
FREMDE SCHATTIN *zum Fremden* Geh mir aus dem Licht.
FREMDER SCHATTEN Welches Licht?
FREMDE SCHATTIN Nachtschattengewächs.
FREMDER SCHATTEN Radieschen!
FREMDE SCHATTIN Sonnenblumenkern!
MÄDCHENSCHATTIN Ich sehe was, was ihr nicht seht –
FREMDE SCHATTIN Was denn?
MÄDCHENSCHATTIN Da unten!
FREMDER SCHATTEN Wo?
FREMDE SCHATTIN *spielt mit* Ahja: alle versammelt.
FREMDER SCHATTEN *steigt auch ein* Die ganze Gesellschaft.
MÄDCHENSCHATTIN Pscht.
FREMDE SCHATTIN *flüstert* Onkel Edi kleckert.
FREMDER SCHATTEN *flüstert* Das könntest du sein.
FREMDE SCHATTIN Wer?
FREMDER SCHATTEN Tante Marta.

FREMDE SCHATTIN So verschlucke ich mich nie.
MÄDCHENSCHATTIN Onkel Edi kleckert weiter, auch auf Omas Rock.
FREMDER SCHATTEN Oma ist auch da?
MÄDCHENSCHATTIN Ja, gerade gekommen.

Alle drei spielen das Spiel mit einer Selbstverständlichkeit der puren Erfindung und Behauptung weiter, die nur Geübte erreichen.

FREMDE SCHATTIN Sahnetorte! Pfirsichmus.
FREMDER SCHATTEN Meiers, die ganze Familie.
FREMDE SCHATTIN Die Mutter hat Kopfweh.
MÄDCHENSCHATTIN *beiläufig* Immer.
FREMDER SCHATTEN Seht euch den Heinz an. Heute sitzt er wieder bei Hubert. Der wechselt seine Sympathien wie du die Farbe im Sonnenlicht.
FREMDE SCHATTIN Du wirst mich doch nicht mit Heinz vergleichen!
FREMDER SCHATTEN Nein nein.
FREMDE SCHATTIN Der Bert! Ganz schüchtern. Noch so ein ängstlicher wie du.
FREMDER SCHATTEN Du wirst mich doch nicht mit Bert vergleichen!
FREMDE SCHATTIN Ohja.
MÄDCHENSCHATTIN Kirschtorte! *Will runtergehen.*
FREMDE SCHATTIN Bleib hier. Schau, wie es den Schatten und Schattinnen unten geht ... auf Tuchfühlung mit wer weiß wem ... Kopf an Kopf ... Schulter an Schulter ... aufeinander, übereinander ... ein Wahnsinn.
FREMDER SCHATTEN Jetzt Putz von der Decke bröseln lassen, nur ein bißchen.
FREMDE SCHATTIN Nicht.
MÄDCHENSCHATTIN Auja!

FREMDER SCHATTEN Oder die Weberknechte aus den Spinnennetzen befreien, an den Ecken.
MÄDCHENSCHATTIN Und hinein in die Kaffeetassen.
FREMDE SCHATTIN Der Vater erhebt sein Glas.
FREMDER SCHATTEN Wo?
MÄDCHENSCHATTIN Nein! Nicht der Vater –
FREMDE SCHATTIN Jetzt Caramelsauce, einen Riesenkübel voll, langsam herunterrinnen lassen –
FREMDER SCHATTEN Hmmmmmmmmmmmm –
MÄDCHENSCHATTIN Stellt euch vor ...

Fratzenwelt: Elternfratzen und Mädchen. Das Mädchen tanzt einen Carameltanz.

M-FRATZE *röchelt gegen den rinnenden Caramel an* Sie drängt.
V-FRATZE *zuckt erschrocken zusammen, als ihm die klebrige Sauce die Fratze verwischt* Sie sticht.
M-FRATZE Zu.
V-FRATZE Meine Ohren!
M-FRATZE So laut.
V-FRATZE Es klebt.
M-FRATZE Es bebt.
V-FRATZE Wieso sagt sie etwas?
M-FRATZE Wer hat ihr das erlaubt?
V-FRATZE Reden tun nur Menschen.
M-FRATZE Keine Kinder.
V-FRATZE Sie haben nichts zu sagen.
M-FRATZE *röchelt.*
V-FRATZE Es pickt.
M-FRATZE Man erstickt.
V-FRATZE Ei ei ei.
M-FRATZE Was ist los?

V-FRATZE Wer ist das?
M-FRATZE Es saftet.
V-FRATZE Es giftet.
M-FRATZE Sie fordert? *Kriegt keine Luft mehr.*
V-FRATZE Sie will? *Bricht nieder.*
M-FRATZE Sie sagt nein? *Klappt zusammen.*
V-FRATZE Wie kann das sein? *Flüstert nur noch.*
M-FRATZE Oh nein.
V-FRATZE Sie ist laut. *Haucht nur mehr.*
M-FRATZE Daß sie sich das traut! *Mit letzter Kraft.*
V-FRATZE Sie will wer sein.
M-FRATZE Das geht nich.
V-FRATZE Ohne mich.
M-FRATZE Das kann nicht sein. *Klebt endgültig fest und stirbt.*
V-FRATZE Das darf nicht sein. *Ebenso.*

Das Mädchen leckt sich die restliche Süße von den Caramellippen. Sie wird plötzlich ihres Schattens gewahr. Geht zögernd auf ihn zu, greift nach ihm, faßt ihn an, vorsichtig. Dann zählt sie aus, ohne Ton. Sie verliert. Und geht 10 Schritte weg. Sehr feierlich. Das Mädchen dreht sich um. In dem Moment sagt die Mädchenschattin an der Wand ganz cool:

MÄDCHENSCHATTIN Duell?

Die Mädchenschattin löst sich von der Wand, kommt leibhaftig auf das Mädchen zu. Das Mädchen erschrickt nicht. Sie staunt, nimmt das Spiel auf.

MÄDCHEN Duell. *Stellt sich in Lucky Luke Pose auf.*
MÄDCHENSCHATTIN Wer zuerst lacht.

Ende.

Horst Hawemann

Alles frei – Stuhl besetzt

PERSONEN

ER
SIE

In einer Mitte sitzt Er auf einem Stuhl.

ER Peterpaul, bringe mir ein Glas Wasser!
Peterpaul kommt nicht.
Das macht gar nichts, daß er mir mein Wasser nicht bringt. Bevor er wütend weggegangen ist, hat er mir eine Wasserleitung gebaut. Ich muß nur am Hahn drehen, schon habe ich ein Wasser.
Warum soll ich aufstehen und mir ein Wasser holen, wenn ich viel Wasser in einer langen Leitung habe, wo es einfach so herausläuft. Ich habe Peterpaul nicht gesagt, warum ich auf diesem Stuhl sitze und sitzenbleiben werde, sonst wäre er frech geworden und hätte gemault, daß ich mir mein Wasser gefälligst selber holen soll: »Hole dir doch dein Wasser selber!« Ich höre es richtig, wie Peterpaul das gesagt hätte. Mit Grimm! Ich hole es mir nicht. Ich lasse mir das Wasser immer noch bringen – durch die Leitung, und bin sitzen geblieben!
Franzjosef! Ich weiß natürlich, daß auch du nicht kommst. Franzjosef! Ich rufe dich trotzdem. Daß du nicht hörst, macht überhaupt nichts. Wichtig ist nur, daß ich deinen Namen nicht vergessen habe, weil ich dir dankbar bin. Immer noch sehr dankbar, wie du jetzt hören könntest, wenn du nicht so nervös geworden wärst, weil ich auch dir nicht gesagt habe, warum ich nie aufstehe. Du hast mir diesen Apfelbaum, wie heißt er doch – Jonathan – gepflanzt. Da, wo der Berg anfängt, hoch zu werden. Die Äpfel hast du mir gebracht. Wenn ich nicht mehr hier bin, hast du gedroht, bringt dir keiner mehr einen Apfel, weil du mir nicht gesagt hast, auf welchem Geheimnis du herumsitzt. Dann bist du weggerannt. Wütend! Aber ich esse deine Äpfel

noch immer. Früher hast du sie gepflückt, jetzt macht das der Wind. Er schüttelt sie ab, und sie rollen den Berg herunter zu mir. Wenn es den Wind nicht gibt, blase ich in ein Horn, das macht mir den Wind.
Das Horn habe ich von Ottofritz. Er wollte auch, daß ich aufstehe, weil man im Stehen besser und lauter blasen kann. Ich blieb sitzen, es war mir laut genug. Da ist er mit seiner Geige böse gegangen. Jetzt blase ich allein. Schon ist ein Apfel da. Nein, ich bin nicht undankbar. Ich esse den Apfel hier und sitze da.
Und wenn ein Regen kommt? Soll er doch kommen, dann werde ich naß. Jedermann ist schon mal naß geworden, na und. Bald wird jemand vorbeikommen im Regen. Der schenkt mir seinen Regenschirm, weil er wissen will, warum ich nicht von diesem Stuhl aufstehe, wenn es regnet. Dann bleibe ich trocken, aber sage ihm nichts. Will er den Schirm wiederhaben, werde ich antworten: Willst du mich etwa im Regen sitzen lassen. Das tut man nicht. Lauf nur zu, such dir einen Platz im Trockenen, du sitzt doch nicht.
Einsam soll ich sein? Wieso? Ich unterhalte mich doch und esse Äpfel. Keiner unterbricht mich. Mir geht es gut im Sitzen. Woher weiß ich, wie es mir im Stehen gehen wird.
Ich soll komisch sein? Natürlich bin ich komisch. Sonst bleibt doch niemand stehen und will wissen, was so komisch an mir ist. Wenn Räuber kommen? Sollen sie nur! Ich bleibe sitzen! Die werden denken: Der hat ja keine Angst vor uns, und sie hauen ab. Haha! Es soll doch keiner sehen, daß ich keine Angst vor ihnen habe. Die Blamage für die Räuber,

wenn ich keine Angst vor ihnen zeige – aus wärs mit der Räuberei.
Klausdieter! Ich bitte um mein Rührei. Natürlich weiß ich, daß er fort ist und mein Rührei gegessen hat. Ich verzeihe dir, Klausdieter. Die Hühner legen andere.
Er glaubte fest daran, ich hätte tausend Mark unter dem Hintern und sitze fest darauf. Ich sitze nur auf einem Stuhl Klausdieter. Das wollte er nie glauben. Dumm gekommen, dumm gegangen. Da sitz ich lieber ohne Rührei. Apfelkuchen wäre schön ...

SIE *von weit* Back ihn dir!

ER Ich kann nicht! Ich sitze!

SIE Dann steh auf!

ER Das kann jeder! Der ist frech.

SIE Wenn hier einer frech ist, ist die frech und nicht der. Der bist du und die bin ich. Back dir deinen Kuchen! Vielleicht eß ich ihn auf, dann ist er weg. Ich bin eine Dame, Mann!

ER Das seh ich nicht, ich sitze fest.

SIE Das hört man doch am Gang. *Stöckelt irgendwo.* Stöckelschuhe!

ER Ich gehe nie!

SIE Blödsinn! Jeder geht mal! Na gut! Ich komme! Dich will ich sehen! *Ohne Schuhe.* Na siehste? Weiblich!

ER Ich sehe alles.

SIE Steh auf, wenn du mit einer Dame sprichst!

ER Warum? Setz du dich doch. Zieh dir die Schuhe aus ...

SIE Wo siehst du Schuhe?!

ER Ich habe sie gehört.

SIE Mann, das macht man so ... *Führt mit zwei Stökken Stöckeln vor.* Ein alter Trick ... Klapper, klapper. Man denkt ne Dame kommt ... Dann komme ich ...

ER Weiblich ...

SIE Na klar! Auf jeden Fall! Also du sitzt fest auf deinem Stuhl? Das kann man ändern!

ER Wie?

SIE Mensch, ich zerr dich hoch, und das erlebst du jetzt. *Versucht.*

ER Vorsicht! Ich klebe!

SIE Igitt! Schon klar! Wer ewig sitzt, der wäscht sich selten. Dann klebt er. Igitt, dir muß geholfen werden.

ER Wozu? Ich sitze gut. Und mit Erfolg.

SIE Mann, du bist ein Abenteuer, und das will ich erleben. Ich weiß soeben was und werde es probieren ... Nämlich. Ich komme von hinten. Jetzt ... *Hat was zum Pieken.* ... kommst du hoch. *Piekt.*

ER Vorsicht! Ich gehe in die Luft!

SIE Genau das will ich!

ER Ich meine ... daß ich explodiere!

SIE *in Sicherheit* Hilfe! Der spinnt ... oder nicht ... oder doch ... Wann explodierst du denn?

ER Beim nächsten Mal. Das war die Warnung.

SIE Schon gut! Ich bin gewarnt. Und wenn du lügst? *Beiseite.* Der verkohlt mich doch, macht Witze, lacht mich aus und lacht sich heimlich tot.

ER Probiers nochmal, dann weißt dus besser!

SIE Besser nicht, lieber nicht. Man muß nicht alles ausprobieren, wenn einer spinnt. Unser Emil, der mein Vater ist, explodiert auch öfter. Das ist unangenehm, kann ich dir sagen. Direkt störend, wenn er brüllt. Der schmeißt auch immer was. Schmeißt du auch?

ER Nie. Entweder explodiere ich, oder ich sitze nur.

SIE Du gehst mir auf die Nerven, Emil! *Schmeißt was.*

ER Warum »Emil?«

SIE Weil der mir auf die Nerven geht, dauernd, ständig, fast immer! Sitz gerade! Steh nicht rum! Kämm dich endlich! Ich kann mich doch nicht ewig kämmen. Wie sieht denn das aus! ...

ER Jetzt explodierst du!

SIE Beweg dich! Sitz doch mal still! Laß den Quatsch! Tu was! Das regt doch auf. Ich will Blumen riechen! Wolken winken! Luft pusten! Echo spielen! Und ...!

ER Mach das!

SIE *tut, was sie vorhatte, hat erst Schwierigkeiten, wütend, dann friedlich* Gut. Gut! Alles guuut! Heinrich!

ER Warum »Heinrich«?

SIE Heinrich kenne ich nicht. Also, regt mich Heinrich auch nicht auf. Das ist ein alter Trick von mir: Will ich meine Ruhe wiederhaben, denk ich an Heinrich.

ER Oh, wie schön. So oft denkst du an mich? *Strampelt freudig auf dem Stuhl.*

SIE An dich? Wieso? Ach so! Nie! Niemals!

ER Doch! Doch! *Noch strampeliger.*

SIE Was geht nun los, Heinrich?

ER So freu ich mich auf meinem Stuhl.

SIE *mit List* Mehr, Heinrich, mehr! Heinerli! Freu dich!

Er tuts, aber im Sitzen.

SIE Du bist ulkig. Sei noch ulkiger! Noch freudiger! Das sieht man gern, Heini, du mein Heini! Höher! Eine Spitzenfreude!

ER *wird immer artistischer* Es gefällt dir? So habe ich mich schon lange nicht gefreut.

SIE Strampel, strampel ... hampel ... hampel ... *Stößt ihn um.*

ER Aua! So hört jede Freude auf! Aua!

SIE Steh doch auf.

ER Das war gemein, Margot.

SIE Ich heiß nicht »Margot«!

ER Ich nicht »Heinrich«! Das war Hinterlist! Von hinten listig angeschlichen und einen Sitzer umgeschmissen. Wie schnell aus einer großen Freude ein großer Mist wird.

SIE *weint etwas* Aber ich heiße nicht Margot.

ER Warum gehst du nicht und läßt mich liegen.

SIE Ich kann nicht. Ich brauche ein Abenteuer. Nie hatte ich ein Abenteuer. Alle hatten eins, nur ich noch nicht. Immer nur – kein Abenteuer. Wie soll man leben, ohne etwas zu erleben! Du mußt mein Abenteuer werden! Das braucht der Mensch. Hast du eine Säge? Bitte, bitte. Eine lange Säge?

ER Ha, ha! Erwischt! Du willst den Stuhl ansägen, absägen und zersägen. Und ich dachte schon . . .

SIE Den Stuhl zersägen? Nein! Ich schwöre! Ich will doch keinen Stuhl zersägen! Wer macht denn sowas!

ER Die Säge muß dahinten sein.

SIE Ich finde sie. *Ab.*

ER Und doch will sie an meinem Stuhl sägen. Komm nur! Wozu ist Wasser in der Leitung. Ich wehre mich. Damit spritze ich dich weg! An meinem Stuhl wird nicht gesägt!
So eine Margot ist noch nie vorbeigekommen. Will nicht wissen, worauf ich sitze und warum. Daß ich aufstehe, will sie, und das soll ihr Abenteuer sein.

Das kannst du haben. Wasser klar – alles klar! Ich bleibe sitzen!

Es sägt.

ER Was sägt sie da?! Wo ist sie mit der Säge? Was sägst du da herum?!

SIE Ach, nur an einem Apfelbaum. Die Äpfel pflückt ja niemand, weil du sitzt. Weg mit dem Baum! Ritsch, ratsch!

ER Laß meinen Baum! Ich pflücke Äpfel! *Bläst.* Mit diesem Horn. Hast du gesehen.

SIE Ich bin beschäftigt. Gleich fällt was um. Komm her, sieh zu!

ER *bläst wild* Hilfe! Wehre dich, Baum!

SIE Wehr du dich doch! Hilf dem Baum!

ER Sie macht es nicht! Sie tut nur so. *Laut.* Du bist kein Baumabsäger! Nie! Du nicht!
Oh, wie kann ich jetzt noch sitzen bleiben.
Laut. Mach eine Pause! Denk nach!

SIE Gut. Mache ich. Denk du auch nach.
Die Pause ist gleich aus.

ER Sie denkt. Wer Apfelbäume absägt, der denkt nicht. Sie tut es nicht. Wer Wolken winkt und Blumen riecht, der sägt doch nicht an Bäumen rum. Das denke ich! Und wenn das falsch ist? Dann bin ich der Schuft und schuld, dann habe ich den Baum gefällt.
Sie sägt! Ich bin ein Schuft.

SIE *sägt hinter ihm an einem alten Ast herum, zerbricht ihn vor seinen Augen. Pause.* Das Abenteuer hätte böse enden können.

ER Für dich und mich.

SIE Wenn einer damit anfängt . . .

ER . . . und der andere sich nicht wehrt . . .

SIE Beinahe wärst du ein Mistkerl geworden.

ER Und du?

SIE Ich habe es nicht getan. Doch du sitzt immer noch. Kein Wort sprech ich mit dir. Und höre nichts, selbst wenn du reden willst.
Oh, habe ich eine schlechte Meinung von dem. Und sie wird immer schlechter.

ER Entschuldige! Sag ich zum Apfelbaum, sonst hört ja niemand zu.

SIE Der redet mit dem Baum, an mir vorbei. Ein alter Trick, den kenn ich schon. Er glaubt, ich lausche hin. Ohren zu, Watte rein! Soll er nur mit den Äpfeln quatschen. Auf meine Antwort kann er lange warten. Ich mach es mir bequem. *Baut was auf.*

ER Das Mädchen hat die ganze Wohnung mit. Sie zieht wohl um. Ein Kissen! Weich sieht das aus. Darauf müßte man sitzen dürfen. Sie lauscht tatsächlich nicht, oder . . .

Sie räkelt sich auf dem Kissen, pfeift, trällert, Wohlbehagen.

ER Das mit dem Kissen hat sie doch gehört. Jetzt will sie mich wohl neidisch machen. Durchschaut.

SIE Was pfeif ich, na? Was sing ich da? Ich höre nichts! Tralalala. Ist niemand hier. Ich bin bei mir. Ich dreh mich um. Keiner sitzt rum.

ER Ich will es wissen. Hört und sieht sie ehrlich nichts? Ich stehe auf. Für einen kleinen Augenblick. Wenn sie das nicht sieht, hört oder merkt, dann schwindelt sie auch nicht. Gleich steh ich da und lüfte mich. Jetzt geschiehts! Ich heb mich hoch! Na, guck schon her! Ich komme! Es folgt ein Ereignis!

ER Nichts! Sie interessiert sich nicht für mich. *Ziemlich enttäuscht.* Dann kann ich sitzen bleiben.
Gut, gut. Ich wäre sowieso nicht aufgestanden. Kann ich gar nicht.

Sie hat sich einen Karton aufgestellt, »eingepacktes Fernsehen«.

ER Sie gefällt mir eigentlich. Wirklich wahr. Sie gefällt mir sehr. Immer mehr. Jetzt noch mehr.

Sie lacht über vorgestelltes Fernsehen.

ER Wenn sie das gehört hat. Bloß nicht. Sicher ist sicher: Sie gefällt mir überhaupt nicht. Immer weniger. Noch weniger. Ganz und gar nicht. Sie ist zuwenig schön. Nicht mal hübsch. Viel zu normal. Das hat sie bestimmt nicht gehört, sonst hätte sie sich aufgeregt.
Es stimmt auch nicht. Sie gefällt mir schon wieder. Immer mehr. Jetzt ist es genug.

Sie lacht.

ER Nein, noch nicht genug.
Ich gefalle ihr bestimmt nicht. Noch nicht. Vielleicht später.

Sie lacht.

ER Sicher später.

Sie spielt in einem Stummfilm mit. Improvisation. Er freut sich mit ihr. Da wechselt sie das Genre. Irgend-

wann regnet es im Stummfilm. Sie spielt im Regen. Er spritzt mit Wasser.

SIE Was soll denn das? Es regnet dadrinnen in dem Film. Wer regnet hier draußen? Das ist doch ein Stummfilm oder kein Stummfilm. Ach so, ich höre nichts. *Ohren auf.* Doch ein Stummfilm. Und warum bin ich naß. Wie im Leben?!

Ach! Der Herr Herumsitzer spritzt in meinem Film herum. Will mitspielen. Aus die Kiste! Spiel alleine Regen.

ER Hast du deine ganze Wohnung dabei?

SIE Nur was man braucht.

ER Auch den Fernseher?

SIE Wer sieht hier fern. Ich sehe stumm.

Oh, ich verstehe, Herr Sitzer braucht einen Fernseher, damit er weiß, warum er sitzt. Hier hast du ihn, ich schenk ihn dir. Was möchte unser Herrchen Schönes sehen? Hier habe ich was für ihn. Wir sehen jetzt, wie ein Herumsitzer herumsitzt.

Öffnet den leeren Karton, zeigt Gesichter. So sieht er aus. So siehst du aus. *Geht aus dem »Bild«.*

Nach n i c h t s siehst du aus. Oder siehst du was?

ER *sieht durch* Viel sehe ich. Theater! Zuschauer! Ein Mädchen!

SIE Die kannst du weglassen.

ER Die Zuschauer?

SIE Das Mädchen kannst du weglassen. Mich! Laß mich weg! Los! Loslassen! Das ist mein Karton. Da tu ich meine Bilder rein. Was ich sehen will, schau ich mir an. Du laß dich fotografieren, damit du aussiehst. Vielleicht warst du mal als Baby hübsch. Jetzt bist du gar nichts.

ER Meine Omas, ich habe vier, zwei für den Angriff

und zwei zur Verteidigung, haben mir gesagt: Wenn ein Junge zu einem Mädchen etwas sagt, oder wenn ein Mädchen zu einem Jungen etwas sagen will, mußt du das, was sie sagen, einfach umdrehen, dann weißt du, was sie wirklich meinen, nämlich immer das Gegenteil.

Also umgedreht war ich als Baby gar nicht hübsch, jetzt bin ichs aber, und das ist wahr!

SIE Für deine Omas. Blöder Kerl!

ER Umgekehrt: Prima Kerl! Dumme Ziege!

SIE Ich knall dir eine!

ER Das Gegenteil von dummer Ziege? Was bist du umgekehrt?

SIE Eine kluge Ziege. Aber immer noch Ziege! Und ich knall dir immer noch eine!

ER Kluges Mädchen. Du willst mir keine knallen, sondern umgekehrt: Du willst mich ...

SIE Aufhören! Schluß! Schöööner Mann!

ER Vielen Dank!

SIE Im Gegenteil: Häßlicher Vogel! Bah!

ER Und umgekehrt? *Kann erweitert werden.*

SIE Kehr dir doch deine Omis um, da werden dann vier Babys draus. Die haben dir das beigebracht, als sie noch in der Wiege krähten. Halt deine Klappe!

ER Rede! Rede!

SIE Hör auf!

ER Fang an!

SIE Darf ich bitten? *Eine Aufforderung.*

ER Das verstehe ich nicht.

SIE Na klar, verstehst du das natürlich nicht. Darf ich bitten? Zum Tanz, du Klotz!

Sonst sagen das die Männer immer, auch son Quatsch von früher. Ich dreh das um und sage noch einmal: Darf ich bitten. Wird nun getanzt?

ER *verwirrt.* Mit dem Stuhl ...?

SIE Mit mir! *Umtanzt ihn.* Verrenk dir nicht den Kopf, verrenke dir die Beine!
Schlaukopf wollte tanzen gehn
Schlaukopf konnte sich nicht drehn
weil er auf dem Stuhl da saß
Mädchen machts allein auch Spaß.
Es wird nichts. Immer drumherum und einer mittendrin.

ER *sehr bemüht.* Warum wird nichts? Nur weil ich sitze? Jetzt kommt eine Erfindung. Wir tanzen auseinander zusammen. *Tanzt auf und mit Stuhl, beweist was.*
Drehung – Drehstuhl
Kippung – Kippstuhl
Hüpfung – Hüpfstuhl
Quietschung – Quietschstuhl
Einbein – Zweibein – Dreibein – Vierbein –
und meine dazu
Fünfbein – Sechsbein

SIE Siebenbein und Achtbein! Man kann nicht sagen, daß das ein Tanz ist, aber langweilig ist es auch nicht.
Sie verknoten sich.
Das ist ein Durcheinander. Wo ist das eine meiner Beine, wo das andere. Hier hast du deins. Ich hab ein schöneres. *Kann erweitert werden.* Huch! Die Luft ist weg. Ich müßte sitzen und wenn es geht, auf einem Stuhl.

ER Das geht nicht. Ist besetzt.

SIE Verstehe. Man läßt die Dame stehen. Mann läßt die Dame stehen. Mann sitzt – Frau steht. Mann ist unhöflich. Mann mit zwei N hats gut! Mädchen fällt um. Kein Mann hilft. *Fällt um.*

ER Ich schäme mich.
SIE Und?
ER Ich bin unglücklich.
SIE Und?
ER Ich habe ein Geheimnis.
SIE Na und?
ER Das ist geheim.
SIE Du schämst dich, bist unglücklich, weil du ein Geheimnis hast, das geheim ist. Vielleicht kennst du es selber nicht?
ER Jeder will es haben, und wenn er es dann hat, dann geht er weg und nimmt es mit. Verstehst du das?
SIE Das ist mein Geheimnis. Ich sehe, du hast ein Problem. Ich stehe auf. Auf meinem Kissen ists sowieso bequemer, nämlich weich und man kann liegen. Wie schläfst du eigentlich?
ER Ich schlafe tief.
SIE Und wo?
ER Im Dunkeln.
SIE Wie sieht das aus?
ER Machs Licht aus, und dann siehst du es.
SIE Licht aus.

Dunkel.

ER Na, siehst du?
SIE Klar! Sehr bequem. Sehr angenehm.
ER Was!
SIE Wie du im Bette liegst.
ER Was du im Dunkeln alles sehen kannst.
SIE Ich habe Phantasie. Ich stell mir vor, wie du im Bette liegst. Echt bequem.
ER *leicht wütend* Ich liege nicht, ich sitze unbequem.
SIE Reingefallen! Jetzt hast du es verraten. Du hast es selbst gesagt, was du im Dunkeln machst.

ER Gewonnen. Du bist spannend. Kompliment.
SIE Weiter! Weiter!
ER Hm. Ich glaube, ich meine, du solltest gelobt werden.
SIE Na los, na los!

Sollte erweitert werden, man hört, daß sie sich näherkommen.

ER Mach lieber das Licht wieder an.
SIE Das war alles? Ich dachte immer, wenns dunkel ist, dann geht was los. Mach dir das Licht alleine an. Bin ich deine Dienerin?
ER Licht an!

Sie hat eine Art Himmelbett über den Stuhl gebaut und liegt darunter.

ER Was ist das?
SIE Ach, nur ein Himmelbett. Du sitzt drin und ich liege.
ER Was du alles herumträgst.
SIE Nur Phantasie, die ist nicht schwer.
ER Dein Himmelbett hat Löcher.
SIE Klar, sonst sieht man keinen Himmel.
Ich glaube: Stuhl macht dumm.
ER Das ist nicht wahr. Wenn einer dumm ist, kann der Stuhl dafür?
SIE Nein, nur der Sitzer. Der bis du.
ER Wenn zwei zusammen sind, und einer nicht so ist, wie es der andre will, ist er gleich dumm, doof oder blöd.
Na schön, heute bin ich dumm, doof, blöd. Wie geht es weiter? Soll ich noch dummer, doofer, blö-

der werden in deinem Himmelbett, in diesem Quatsch. Ich mache das. Ich werde noch dümmer ...

Einer muß immer den Dummen machen, damit der andere recht hat. Das ist überall so. Soll ich dir aufzählen, wo das überall so ist.

Er könnte hier aufzählen, wo das so ist: Zuhause, Schule, Zeitung, Politik. Das kann man improvisieren. Das kennt man. Es geht aber auch ohne die Aufzählung und den Kommentar weiter.

SIE Du willst streiten.

ER Nie. Ich sehe alles, alles ein.

SIE Das kenne ich. Du siehst alles ein, und ich seh überhaupt nichts ein. Das meinst du doch – und das wird Streit.

ER Ich streite nicht! Weg mit dem Himmelbett!

SIE Noch mal.

Er wiederholt.

SIE Wie Emil, der mein Vater ist, der brüllt auch: Ruhe!

ER Und Tante Frieda schreit: Vertragt euch endlich!

SIE *mit Lust* Der Lehrer meckert: Seid nett zueinander, Kinderchen.

ER *Gleiche Lust.* Mein Nachbar flucht: Ihr sollt nicht fluchen, verdammte Görenbande, Ihr Rabauken!

SIE Ich falle hin, und meine Mutter sagt: Hat ja gar nicht wehgetan. Woher weiß sie denn das?

ER Mein Vater ist beim Boxen, Schiedsrichter im Ring. Da ruft er immer. Auseinander. Doch wer am besten kloppt, der hat gewonnen.

SIE Und alle singen: Oh, Tannenbaum, wie grün sind deine Blätter ... wenn die Nadeln fallen.

ER Es ist so einfach, etwas falsch zu machen ...

SIE ... aber nicht so schlimm, wenns keiner schlimmer macht ...

ER ... das muß man mal gesagt haben ...

SIE ... und das haben wir! Nanu?

ER Der Streit ist weg.

SIE Wo ist er denn!

ER Macht eine Pause.

SIE Also kommt er wieder.

ER Na klar.

SIE So ein Mist!

ER Doppelmist! Pfeif drauf!

SIE Gemacht. *Pfeift drauf.*

Auch hier sind Varianten möglich, z. B. eine friedliche musikalische Entwicklung.

ER Wie alt bis du?

SIE Ich könnte mir schon einen Freund leisten. Wenn ich wollte ...

ER Hm.

SIE Ja, ja, ich könnte ...

ER Hm, Hm ...

SIE Doch, doch, ich könnte ... Aber ich will noch nicht.

ER Wie lange willst du noch nicht?

SIE Es könnte noch bis Montag dauern. Aber vielleicht will ich auch Freitag schon.

ER Und heute?

SIE Ist Donnerstag.

ER Donnerstagabend.

SIE Genau neunzehnuhrdreißig.

ER Fünfunddreißig.

SIE Nana! Wir unterbrechen hier. Ich denke, wir werden erstmals Ordnung machen müssen.

ER Nein! Nicht jetzt! Nur keine Ordnung.

SIE Das geht schnell bei mir! *Schmeißt ihre Sachen.* Alles was hier herumsteht, kommt darüber! Was dadrüben herumliegt, kommt dahinüber. *Schmeißt alles zurück.*

Das nennt man eine fliegende Ordnung, und die ist besser als eine herumliegende Unordnung und sieht gut aus. *Greift sich schnell den Stuhl, wirft ihn zum übrigen. Er bleibt in der Luft sitzen.*

Du klebst also nicht, das weiß man jetzt.

ER Aber ich sitze immer noch.

SIE In der Luft. Lange hältst du das nicht aus.

ER Du auch nicht. Es wird dir leid tun, was du siehst.

SIE Abwarten!

Spiel, wie sie es aushalten will ... und nicht schafft, den Stuhl zurückgibt, mit Kissen aber etwas böse, weil ertappt.

Ja, ja, ich bin ein guter Mensch, ich weiß. Bin viel zu gut, sagt Emil, der mein Vater ist, auch immer wieder.

Warum sieht man eigentlich immer so blöd aus, wenn man zu gut ist? Wenn man nur gut ist, ist es gut. Wenn man zu gut ist, ist man ganz schön dumm. Antworte!

ER Es gibt Typen, die nutzen sowas aus.

SIE Wie du!

ER Wie ich nicht.

SIE Das Leben kann ziemlich schwierig werden.

ER Wenn du mir meinen Stuhl nicht gegeben hättest, dann wäre es schwierig geworden. Es hätte weh getan. Muskelkater. –

SIE Wir machen hier ganz schöne Sachen.
ER Wir lernen uns bloß kennen.
SIE Ich heiße Margot.
ER Heinrich.
SIE Angenehm. – Aber ich heiße Paula.
ER Paul, Paul, Paul.
SIE Wenn das stimmt, dann paßt das ja ...
ER ... zusammen. Paula, Paul, Paula, Paul ...
SIE Paul und Paula. Du hörst bei Paul auf. Ich heiße länger: Paul – Ah.
ER Paul – Ah! – Es geht mir irgendwie ... Ich muß jetzt eine Rede halten.
SIE Fang an!
ER Aber die Rede ist nicht für dich.
SIE So, so. Was willst du denn reden?
ER Ich will sagen ... Hej, du horchst mich aus.
SIE Wirklich nicht. Das war ein Zufall, gar kein alter Trick. Ich gehe zur Seite. Für wen willst du denn reden, wenn nicht für mich.
ER Ach, ich finde jemand.
SIE Verstehe, Paul. Ich lausche nicht, ich vertraue.
ER Kannst du!
SIE Ich weiß nicht, ob ichs kann. Doch ich versuche es. *Durch den Saal.* Du erzählst nicht heimlich irgend etwas gegen mich. Da bin ich sicher. Wo wir uns schon so lange kennen. Also:
Ich bin in Ordnung, ein prima Mädchen. Mit mir gehts los. Da platzt jede Langeweile! Ich würde mich zur Freundin nehmen, wenn ich mich nicht schon hätte. Ich bin ein tolles Ding. Das sag ich nur für mich. Das ist kein Eigenlob, sondern meine Meinung über mich in diesem Augenblick, Ohe! Das macht tapfer!
So nun rede, was du willst. Ich bin weg!

ER *steht auf und geht zum Zuschauer* Die ist gut! Ich schwärme! Ein Mädchen – Wolke!
Natürlich klebe ich nicht auf dem Stuhl. Die Wasserleitung habe ich selbst gebaut, den Apfelbaum gepflanzt. Ich habe keine tausend Mark unter dem Hintern und Peterpaulfranzjosefottofritzklausdieter sind erfunden. Ich sitze hier nur, damit einmal so ein Mädchen kommt und nicht gleich wieder geht. Laufend lernt man keinen kennen. Das ist selten. Weil ich solange warte, hab ich mich hingesetzt, das ist das ganze Geheimnis.

SIE *von draußen* Sitzt du immer noch?

ER Nein!

SIE Das hab ich mir gedacht.

ER Damit sie nicht gleich weitergeht, vorbei an mir, bin ich nicht aufgestanden. Hab gesessen und gesessen. Mir tut der Hintern weh, sonst geht es mir sehr gut.
Oh, nicht mehr so gut. Vielleicht ist sie gerade jetzt gegangen. Jetzt wo sie weiß, daß ich nicht sitze. Soll das das Unglück sein?
Ich rede, rede eine Rede ... und ... Wo ist sie? Wo bleibt sie? Wohin ist sie gegangen?!
Ich stehe! Ich gehe! Ich suche sie!
Zu spät! Ich hab zu lang gesessen. Jetzt renn ich durch die Welt. Ach Heini, du Heini! *Ab.*

SIE *kommt auf einem anderen Wege* Er ist fort. Aufgestanden! Weggegangen! Nur verkohlt! Beschummelt! Ausgetrickst! Wer hätte das gedacht. Jetzt sitz ich da. Mir ist zum Heulen. Mach ich nicht! Doch, ich machs. Warum?! Weil ich geglaubt hab, einen solchen Paul trifft man nur selten. Wie er da sitzt und spannend ist. Er saß nicht nur, da war doch was. Emil sitzt auch, und da ist nix.

Und dieser Stuhl ist unbequem. Wie kann man nur so lange auf dem sitzen. Vielleicht weil ich ihm auch gefallen habe. Sonst sitzt man doch nicht ewig, wenns einem nicht gefällt. Sonst geht man einfach weg. Jetzt sitze ich hier rum. Kein Paule kommt.
Zum Zuschauer. Ich bringe meinen Stuhl zu euch. Und nun? Theater! Immer schön, wenn einer kommt. Paula, mach dir jetzt sofort eine Idee, sonst bleibt die Bühne leer, und alle gehen.
Halt! Ich habe sie, die Idee! Phantasie. Wir sehen uns den Paul einfach zurück. Man kann auch sagen, wir sehnen uns den Paul zurück. Hierher! Wir kennen ihn ja alle, wissen wie er aussieht. Hergesehen! Er kommt. Ich hab noch nie gesehen, wie er geht. Da kommt er.
Jetzt kommt er wirklich.
Nun wird er seinen Stuhl wohl suchen.
Er sucht ihn nicht.

ER Paul – Ah!

Der Schluß sollte gefunden werden: Vielleicht borgt sich Paula einen zweiten Stuhl beim Zuschauer. Vielleicht reicht auch einer. Vielleicht sitzen alle Zuschauer auf der Bühne. Paul und Paula im Saal. Vielleicht reden oder schweigen sie oder lassen nur die Beine baumeln …
Wie im Leben oder – fast so wie im Leben.

Rudolf Herfurtner

Der Nibeljunge

Personen

Sigfrid
Wiland
Mime
Knecht
Alte Uhu
Hirschkuh
Drachin
Kriegskind

Das Stück spielt vor der Schmiede und in der Natur.

VORSPIEL

Ein zerschlissener, sehr alter Vorhang hängt vor der Szene. Sein verblichenes Bild zeigt ein merkwürdiges Mischwesen aus Frau und Mann. Vor diesem androgynen Doppel-Wesen steht ein Kind. Das Kind ist Teil dieses Bildes von Frieden und Geborgenheit.
Der Vorhang hat deutlich sichtbar eine Naht in der Mitte. Offenbar war er entzwei, so daß Mann und Frau getrennt und das Kind mittendurch gerissen waren.
Die Alte Uhu ist gerade dabei, mit einem letzten Nadelstich den Wandteppich wieder zusammenzunähen.

ALTE UHU Schon ganz mitgenommen, das Kind von der ewigen Näherei. Bald hats keinen Sinn mehr. Hätt es schon lange lassen sollen, eigentlich. Aber ist am Ende doch schön. Wenns wieder ganz ist, ist es – schön. Sag ich mir, Uhu, alter Vogel, es hat was. Hat sich gelohnt, die Mühe. Ist wieder schön geworden.
Das ist das Kind. Und das da ist die Frau. Und das der Mann. Der Mann ist ein bißchen auch Frau, sieht man. Und die Frau ist ein bißchen auch Mann. Das Kind ist einfach Kind. Also, wenn ich das noch einmal nähen muß, ich weiß nicht, ob man es dann überhaupt noch erkennt, das Kind.

Ein furchtbarer Wut-Schrei hinter dem Vorhang. Ein Schwert saust nieder und trennt den Vorhang mitten durch. Blitz und Donner, Schlachtenlärm und Rauch.

ALTE UHU *räumt den Vorhang weg* Oh, Mann! Nein! Nicht schon wieder! Warum versuch ich immer zu flicken, was nicht zusammenhalten will? Ich werde es nicht mehr tun. Diesmal werde ich es nicht mehr tun. *Ab.*

Im Rauch wird das Kriegskind sichtbar.

KRIEGSKIND Dietrich schlug Grim
und Dietrich schlug Hilde,
das weiß ich.
Und Kain schlug Abel,
Und Heime schlug Dietrich,
Und die Germanen schlugen die Römer,
Und die Sarazenen schlugen die Kreuzritter,
Und die Deutschen schlugen die Polen.
Und die Russen schlugen die Deutschen,
Und Drei drei drei
war bei Issos Keilerei.
Das Kind hüpft wie bei einem Hüpfspiel.
Und David schlug Goliath,
Und Dietleib schlug Ingrim,
Und Lauring schlug Wolfhard und Ilsung,
Und Amerika schlug Japan,
Und die Katholiken schlugen die Protestanten,
Und die Moslems schlugen die Hindus.
Und die Amelungen schlugen die Lauringe,
Und Kühnhild schlug die Zwerge,
Und Attila schlug Milas.
Und drei drei drei
war bei Issos Keilerei.
Und Siegfried schlug sie alle,
bis auf Hagen, der schlug Siegfried
Und Etzel schlug die Burgunden
und Hagen auch,
oder ... ich weiß nicht mehr.

I. Bild

1. Szene

Auftreten Alte Uhu und Hirschkuh.

ALTE UHU Hör mir auf mit diesen Körbchenkindern! Hör mir auf mit: es wird einer kommen!

HIRSCHKUH Ich hab gar nichts gesagt von Körbchenkindern. Ich hab nur gesagt, es muß einer kommen, weil so kanns nicht weitergehen mit den Schmieden. Sie haben ja bald den ganzen Wald gerodet.

ALTE UHU Wenn du von einem redest, der da kommen soll, dann weiß ich, was kommt.

HIRSCHKUH Hab ich dir die wunderschöne Geschichte erzählt von ...

ALTE UHU Ich kenne alle diese wunderschönen Geschichten. Alle kenne ich sie: erst dieser Moses. Kaum war er groß, hat er einen Ägypter erschlagen. Und dann dieser Sumerer: Sargon hieß der, glaub ich. Auch im Körbchen den Bach hinunter und dann Feldherr und Krieger. Hör mir auf!

HIRSCHKUH Aber ich hab dir von den Zwillingen erzählt?

ALTE UHU Gleich zwei! Doppelter Ärger!

HIRSCHKUH Die Mutter war eine Priesterin: Rhea Silvia. Ist das nicht schön? Und der Vater ein Gott: Mars.

ALTE UHU Mars? Natürlich, der Gott der Waffenschmiede!

HIRSCHKUH Der Onkel hat dann die beiden Knäblein in einen Kasten setzen und den Tiber hinunterschwimmen lassen, weil er Angst hatte, sie könnten ihm den Thron streitig machen. Und dann bleibt diese Kiste im Schilf hängen, und eine Wölfin kommt und säugt die beiden: Romulus und Remus hießen sie. Und haben Rom gegründet. Rom!

ALTE UHU Du hast mir das schon erzählt.

HIRSCHKUH Ach ja?

ALTE UHU Ach ja! Kaum waren sie groß, erschlug der eine den andern.

HIRSCHKUH Das kommt von der Wolfsmilch. Wolfsmilch macht wild. Wenn ich so ein Knäblein finden würde, bei mir würde es sanft, glaub mir.

ALTE UHU Fällt dir eigentlich auf, daß es immer Knäblein sind? Vielleicht sollte man mal ein Mädchen ins Schilfschiffchen setzen. Vielleicht ist das mit der Erlösung deshalb so schwierig, weils immer die wilden Kerle sind, die den Bach herunterkommen?

HIRSCHKUH Bei mir würde es ein Junge wie ein Mädchen.

ALTE UHU Ein Mädchenjunge?

Ein Speer fliegt neben der Alten Uhu in einen Baumstamm. Die Hirschkuh flieht erschrocken. Die Alte Uhu sieht sich den Speer gelassen an.

ALTE UHU Sanft soll er sein und er muß die Schmiede besiegen. Ziemlich schwierig für einen kleinen Helden. *Ruhig ab.*

2. Szene

Mime und Knecht kommen durch den Wald.

MIME Ich hab dir gesagt:
spar deinen Speer.
Den Vogel verfehlst du.
Mein Vater schon wußte von ihm.
Und vordem meines Vaters Vater auch.
Wandert durch Zeit und Welt.
Keiner hier kennt sein Ziel.
KNECHT Und will ihn doch haben,
weil er gar so höhnisch
in unserm Walde hockt.
MIME Vergiß den Vogel!
Find mir das flüchtige Küken!
KNECHT Der Junge findet sich, Herr.
Streift herum bloß im Forst.
MIME *mürrisch* In Forst und Feld
und immer bei der Vögel
flatterhaftem Volk.
Ich wünscht, er wüßte
das zerbrochene Schwert
mir zu schmieden,
das einst vom Vater meines Vaters
auf mich kam.
KNECHT Niemand kann das, Meister, außer Euch.
MIME Schwätz mir nicht! Geh!
Such ihn am Schwanteich!

Knecht ab.

MIME Speichellecker!
Weißt doch wie ich:

Hundertmal hab ich
vergebens versucht,
die Hälften zu fügen?
Nein, nicht Mime ist es,
der es vermag.
Wohl will ich, aber ich kann nicht!
Dem bänglichen Buben
ist es bestimmt,
Wiland, Watos Sohn.
Ich fühl es: das Kind
hat die Kraft.
Und zwing ich mir den Zögling,
dann gehört die Macht Mime.

Der Knecht kommt mit Wiland, der eine Schwanenfeder in der Hand hält.

KNECHT Hier ist er, Herr!
MIME *streng* Du warst drei Tage weg.
Du bist erst zehn, Söhnchen.
Vater und Mutter haben dich mir vertraut.
Wo warst du, Wiland?
WILAND Drei Tage? Mir kam es vor wie Stunden.
Ich war im Wald.
MIME Im finstern Wald?
Fein! Furchtlos bist du.
Hast gejagt!
KNECHT Er saß am Schwanteich. Sinnverloren.
WILAND Ist licht und weit dort und der Himmel hoch.
MIME Wolltest sicher schießen
einen fetten Schwan,
daß fein wir uns nähren
zur Nacht.

WILAND Die Schwäne tanzten und zogen dann singend fort zum Hochzeitsflug. Sie haben mir eine Feder geschenkt.
MIME *wütend* Pfui!
Eine Feder?! Schäm dich!
Bist du kein Schmied!
Kannst du nicht schießen?
WILAND Von meiner Mutter weiß ich, daß ich Schwäne nicht schießen darf.
MIME Pah! Meerweibergewinsel!
Knecht!
In den Kohlenkeller
mit dem Schwanenjüngling!
Und ein paar
mit der Peitsche,
bis er jault,
daß ihm die kindischen Federflausen
aus dem Kopf kommen.
Für sich.
Ich zweifle.
Wir brauchen einen,
der nichts von einer Mutter weiß
und ihrer weibischen Weichheit.

Alle ab.

3. Szene

Alte Uhu kommt wieder.

ALTE UHU Kannst wieder rauskommen, Hirschkuh.
Sind weg. Trau dich.
HIRSCHKUH *off* Bist du sicher?

ALTE UHU Sicher. Sie haben zu tun mit ihrem – Heldenkind.

HIRSCHKUH *kommt* Ich trau ihnen nicht. Dich meiden Pfeil und Speer, weil du den Vorhang nähen mußt laut ewigem Beschluß. Aber ich gäb ihnen einen saftigen Schinken ab.

ALTE UHU Ich näh nicht mehr. Das steht fest. Will nicht mehr zusehen und alte Lappen flicken mit alten Bildern drauf. Mach ich nicht mehr.

HIRSCHKUH Du mußt! Flick den Vorhang, sag ich dir. Die alten Bilder haben Macht.

ALTE UHU Nicht über die Schmiede. Eines Tages wird es ihnen gelingen, das Drachenschwert zu schmieden. Und die Welt wird schwarz sein wie ihre Kohle und tot wie ihr Stahl. Vielleicht ist es schon dieses Kind, dieser federleichte Wiland, der es fertigbringt.

HIRSCHKUH Er ist es nicht. Er liebt Schwäne mehr als Waffen.

ALTE UHU Sie sind stark und ziehen leicht einen auf ihre Seite.

Auf dem Fluß schwimmt ein Korb heran. In dem Korb liegt das Baby Sigfrid. Der Korb wird ans Ufer gespült.

ALTE UHU *sieht es zuerst* Oh je, das darf nicht wahr sein! Los weg hier, schnell.

HIRSCHKUH Was ist? Wieder die Schmiede?

ALTE UHU Laß uns einfach verschwinden, komm!

HIRSCHKUH Warte. Ich glaube, da hat es etwas angeschwemmt.

ALTE UHU Strandgut. Mütterchen Hirschkuh, ich kann dir nur raten, laß die Finger davon.

Sigfrid weint.

HIRSCHKUH Hör mal, das hört sich an,
als ob ein Kindlein weint.

ALTE UHU Das sind die Frösche.

HIRSCHKUH Nein. Das kommt aus dem ... das ist ein Korb. Mensch, alte Uhu, das ist ein Körbchenkind.

ALTE UHU Ein Korb voller Schwierigkeiten, das ist es. Laß es im Fluß! Der Fluß hats gebracht, soll sich der Fluß drum kümmern.

HIRSCHKUH Das meinst du nicht im Ernst. Es kann nicht leben ohne mich. Soll ich es sterben lassen? *Hirschkuh geht zu dem Korb hin.*

ALTE UHU Es ist immer das gleich: Irgendwo gibts Ärger, und dann setzen sie die kleinen Bübchen in einen Korb und lassen sie den Fluß hinunterschwimmen. Und immer findet sich irgendein Vieh, das ihn großzieht. Hirschkuh, laß ihn! Das bringt kein Glück!

HIRSCHKUH Aber er weint. Und er ist ganz süß! Sieh mal!

ALTE UHU Ich hab keine Zeit. Ich muß sehen, daß ich Faden finde für meine Näherei. Du sagst ja, ich muß mich an den Vorhang machen. *Ab.*

HIRSCHKUH Ja, näh du deinen Vorhang.
Ich will nähren das Kind.

4. Szene

HIRSCHKUH Gleich ist er still, wenn er mich sieht. Kräftig ist er und schön. Feine Sachen hat er, warm und weich. Wer immer ihn in den Korb gelegt hat, er wollte nicht, daß das Kindlein stirbt.–
Komm, trink. *Gibt ihm zu trinken.* Hast eine neue

Mutter gefunden. Feines Tuch, bist nicht armer Leute Kind. *Wiegt ihn in den Schlaf.*
Wes
Kind du bist,
weiß es nicht.
Lieb dich doch.
Fürcht dich nicht.
Trink und wachs,
schlaf und lach.
Hast ja mich,
daß ich wach.

Sigfrid wacht auf. Er richtet sich auf, macht die ersten tapsigen Schritte, fällt wieder hin, lacht. Richtet sich wieder auf und holt aus seinem Korb einen kleineren Korb hervor. Versucht hineinzusteigen.

HIRSCHKUH Wie er wächst! Paßt schon nicht mehr in die Wiege. Laß, dummer, kleiner Mann! Brauchst keine Wiege. Hast ja meinen Schoß. Komm, trink!

Sigfrid trinkt und schläft ein.

HIRSCHKUH Hörst den Fluß?
Gibt dir ein Kuß.
Hörst den Wind?
Schlaf wohl, mein Kind.
Ruft die Eule im Ried,
hüt dich, mein Kind,
vor dem Schmied!
Trink und wachs,
schlaf und lach.
Hast ja mich,
daß ich wach.

Sigfrid wacht auf. Steht auf und holt einen noch kleineren Korb aus dem zweiten Korb hervor. Er kann jetzt sicher stehen. Er stößt einen kraftstrotzenden Freudenschrei aus.

HIRSCHKUH Er wächst und singt sein Morgenlied!
SIGFRID *versucht* L – L – Lid?
HIRSCHKUH Ja, Lied.
SIGFRID Lid.
HIRSCHKUH *singt*
»Wer nun ein faules Gritchen hat,
der nehm es wohl in Acht.
Das schläft ja allen Morgen,
bis daß die Sonne lacht.«*

Sigfrid versucht in das Lied einzustimmen, es ist aber kein Wohlklang ihn ihm. – Er sieht ein Heupferd und will es fangen, erwischt es aber nicht.

HIRSCHKUH Mein kleiner Ritter, willst ein Heupferd dir fangen. Da mußt du erst groß sein und schnell.

Sigfrid nimmt der Hirschkuh schnell etwas weg und läuft davon. Sie jagen sich lachend. Sie erwischt ihn erst, als er sich auf den Boden setzt.

SIGFRID Schnell!
HIRSCHKUH Läufst du mir jetzt schon davon?

Sigfrid fängt das Heupferd. Triumphiert.

HIRSCHKUH Hast du das Heupferd gefangen? Jetzt hast du einen Freund.
SIGFRID Schnell. Freund. *Er trinkt und schläft ein.*

HIRSCHKUH Schlaf, schlaf, schlummer,
Abends kommt der Kummer.
Hörst du die Eule im Ried?
Hörst du, er ruft schon,
der Schmied?

Die Hirschkuh steht auf und bindet Sigfrid mit einer langen Kette an einen Baum. Dabei:

HIRSCHKUH Trink und wachs,
schlaf und lach.
Hast ja mich,
daß ich wach.

Als Sigfrid aufwacht, holt er ein viertes Körbchen aus dem dritten hervor und setzt das Heupferd hinein. Das Heupferd springt davon. Sigfrid will es fangen und hängt nun in seiner Kette fest. Schreit auf.

HIRSCHKUH Warte! Nicht! Du tust dir weh!
SIGFRID Freund, weg!
HIRSCHKUH Es ist zu deinem Besten.

Sigfrid versucht die Fessel zu zerreißen.

HIRSCHKUH Die Kette ist doch so lang. Siehst du, mein kleiner, dummer Kerl, der Wald ist gefährlich. Glaub mir, ich mußte es tun. Kommst überall hin, hierhin, dahin, kannst überall herumgehen und merkst die Fessel gar nicht. Fängst dir ein neues Heupferd, schöner noch. Neuer Freund. Und die Vögel überall. Und ich bin ja auch da.

Sigfrid hört ihr nicht zu. Verbissen versucht er, die Fessel zu zerreißen. Dabei murmelt er das Wort – stark –

vor sich hin. Je mehr er sich anstrengt, desto mehr verschwindet der Vokal und damit der Klang aus dem Wort. Schließlich schreit er: – Strrrrk! – und ist frei. Er reißt einen Ast vom Baum und schwingt ihn wie ein Schwert.

SIGFRID Schwärrrrt! Strrrk? Pfärrrd! Ha!!! *Er beruhigt sich. Sieht ein Heupferd. Fängt es und hält es sich – wieder ganz sanft – ans Ohr.*

HIRSCHKUH *erschrocken, abseits für sich*
Trink und wachs,
schlaf und lach.
Hast ja mich,
daß ich wach.

1. ZWISCHENSPIEL

KRIEGSKIND *für sich*
Musketier-Füselier
Kürassier-Reiter dir
Artillrist-Dritte ist
kühn, gewandt-Vaterland.

Guten Morgen, Herr Lehrer!
Jawohl, Herr Lehrer!
Klare Stimme und nicht geleiert.
Jawohl, Herr Lehrer!

»Sobald die Tromme tut rühren
sollen die Soldaten marschieren.
Cabedin Leudenand Fennerich Schersand.
Einen Kalbsbraden
sollen die Soldaten haben.«*

Setzen!
Jawohl, Herr Lehrer!
Brust raus und laut,
daß die Welt es hört!
Jawohl, Herr Lehrer.

»Infantrist ist Musketier,
Grenadier und Füselier.
Merk' Dragoner, Kürassier
und Husar als Reiter dir.
Kanonen schießt der Artill'rist,
der im Bund der Dritte ist.
Seesoldaten, kühne, gewandt
dienen auch dem Vaterland.«*

Gut! Setzen!
Jawohl! Herr Lehrer!

»Wie kommen die Soldaten in den Himmel?
Auf einem weißen Schimmel
kommen die Soldaten in den Himmel.
Wie kommen die Soldaten in die Hölle?«*
...
Das hab ich vergessen: in die Hölle?
Nein, Herr Lehrer! Nicht den Stock. Ich weiß ja alles:
Musketier-Füselier-Kürassier-Reiter dir-Artill'rist-Dritte ist-kühn, gewandt-Vaterland. Vaterland-Wacht am Rhein. Vaterland ruhig sein. In den Himmel auf einem weißen Schimmel.

II. Bild

1. Szene

Auftritt Mime mit einem Beutel, in dem das zerbrochene Schwert Grim steckt. Bei ihm der Knecht.

KNECHT Und wollt es heut
wirklich wagen, Meister?
MIME Gut gehn die Geschäfte.
Krieg hat Konjunktur.
Ja, ich mach die Probe:
zeig dem Zögling
das zerbrochene Schwert.
Holt die Teile aus dem Beutel.
KNECHT Grim – grauslicher Name.
MIME Ihn wird es nicht schrecken.
Er macht sich,
der Junge.
Lernt fleißig die Legierungen.
Liebt Feuer und Metall.
Und ist er mein Mann,
zeigt Grim uns das Zeichen:
KNECHT ›Erkennt das Schwert
seinen Schmied,
glüht es gleich auf
und fügt sich
zu furchtbarer Kraft.
MIME Und dann:
auf zur neuen Rodung!
Neue Meiler, frische Kohle.
Und – der Drohung
des Drachen
trotzt unser Held!
Ha!!

Auftritt Wiland. Er hat sich als Mädchen verkleidet. Will gleich wieder fort. Aber der Knecht packt ihn schnell.

MIME Satan!
Was soll das?
Mein Lehrling
in langen Röcken?
Steckt Grim in den Beutel.
KNECHT Spielt wieder das Schwanenmädchen.
Ich sagt es Euch, Meister!
MIME *scheinbar mit väterlichem Verständnis*
Ja. Wahrlich,
wer wäre nicht gern
ein glänzender Schwan?
WILAND Ich hab gespielt.
KNECHT Weichheit! *Reißt ihm das Tuch vom Kopf.*
MIME Spielen kannst du,
bist ja ein Kind.
KNECHT Schon zwölf ist er jetzt,
Meister, ein Mann bald.

Mime schlägt Wiland unvermittelt mit der Peitsche. Wiland schreit auf.

MIME Spiel, aber spiel das andere!
Spiel den schnellen Iltis,
daß der Stich der Schlange
dich nicht erwischt.
Und spiele das Eisen,
das nicht maunzt
bei den Schlägen des Meisters.
Vor allem vergiß nicht,
warum du hier bist.

KNECHT Warum bist du hier?
WILAND *trotzig* Schmied will ich werden und Geschmeide machen, schön wie die Sonne für die Königin der Schwanjungfrauen.

Mime schlägt wieder zu.

KNECHT Flausen!
Warum bist du hier?
WILAND *eingelernt*
›Schwerter zu schmieden
zum Ruhme der Recken.
Eisen im Feuer zu zwingen
zur Freude des Ziehvaters Mime.‹
MIME *wieder milde* Von wem hast du dieses Tuch?
Von deiner Mutter?

Er will das Tuch dem Knecht aus der Hand nehmen, dabei reißt es absichtlich mittendurch. Wiland schreit auf, den Tränen nah.

MIME *scheinheilig* Knecht! Kanaille!
Wie schrecklich ungeschickt!
Erzähl ihm vom Drachen!
KNECHT Den Morgen wars:
Die Männer,
müde vom Roden,
hielten einen Augenblick Rast.
Da war mit einmal
ein Wind und ein Feuer.
Und gefressen zwei Mann
mit Haut und Haar.
Und nichts mehr da von ihnen,
nicht Schuh noch Wams.

Sogar die Axt
verschlungen hat das Vieh.
MIME Das hast du gesehen,
und ihn, den Drachen auch?
KNECHT Nein, Himmel!!
Jeder schließt die Augen schnell,
daß er nicht blind wird
vom Feuer
oder zu Stein
vom Blick ins Aug der Bestie.
MIME Da kannst du sehen, mein Kind!
Schönheit und Kunst,
das wollen wir alle.
Aber solang der Drache
in unsern Wäldern wütet,
mußt du hart sein und schnell
und ohne Tränen.
Und Schwerter schmieden
nicht Geschmeid und Tand.
Los nun, die Sachen gepackt!
Morgen gehts zur neuen Rodung!

Alle ab.

2. Szene

Sigfrid rast durch den Wald, ausgelassen wie ein junger Stier. Jauchzt vor Lust an seiner Kraft. Wirft einen Stein ins Schilf und rennt den aufflatternden Gänsen hinterher. Platscht ins Wasser. Lacht.
Dann kommt er wieder angerast, kräftig, behend und schön. Dann überprüft er eine Schlinge, die er ausgelegt hat, und setzt sich unter einen Baum, sein »Lied« krächzend.

SIGFRID Grrauß 'nd strrrk
Storrm anbrracht
Grrauß 'nd strrrk
Forrcht mach nacht!

Die Hirschkuh führt die Alte Uhu leise heran, bedeutet ihr, sich still im Versteck zu halten

HIRSCHKUH Hier. Hier ist er. Er singt.
ALTE UHU Er wohnt gar nicht mehr bei dir?
HIRSCHKUH Leise! Er singt so schön.
ALTE UHU Na, ja, du hast größere Ohren als ich.
HIRSCHKUH Singt er nicht wun-der-schön?
SIGFRID Grrauß 'nd strrrk
Dunnrr krracht
Grrauß 'nd strrrk
Hab d' Macht!
Fängt eine Fliege und verzehrt sie genüßlich . . .
ALTE UHU Frißt er Fliegen?
HIRSCHKUH Ich hab ihm das oft und oft verboten.
ALTE UHU Er hört nicht mehr auf dich?
HIRSCHKUH Er ist sonst ein anständiger Junge.
Und begabt, alles versteht er gleich.

ALTE UHU Aber er hört nicht mehr auf dich.
HIRSCHKUH Nein. – Nein, nein. Er ist ganz reizend. Und er sieht so gut aus. Was muß er für eine schöne Mutter gehabt haben? Findest du nicht, daß er ganz besonders gut aussieht?
ALTE UHU Müssen wir hier flüstern?
HIRSCHKUH Manchmal ist er so scheu. Er muß sich doch vorsehen wegen der Schmiede. Hör wie schön er singt!
SIGFRID Storrm anbrracht
Grrauß 'nd strrrk
Forrcht macht nacht
Dunnrr krracht
Grrauß 'nd strrrk
Hab d' Macht!
ALTE UHU Komm, wir begrüßen ihn mal, deinen Musterknaben.
HIRSCHKUH Du mußt einfach vorsichtig ...
Folgt ihr zögerlich. Hallo, mein Kleiner!
ALTE UHU Na, ja. Scheint ganz zutraulich.
HIRSCHKUH Weil ich dabei bin. Ich bins, mein Liebling!

Sigfrid scheinbar unbeteiligt, aber auf der Hut.

ALTE UHU Hallo hallo, hier ist die alte Tante Uhu! Weißt du noch? Die Freundin von deiner Mama Hirschkuh. Du hast keine Angst, hm?
HIRSCHKUH Ist er nicht reizend?
ALTE UHU Wie gehts denn dem kleinen Liebling?

Die Alte Uhu tritt in die Schlinge. Sigfrid springt auf und fesselt die Alte Uhu unter großem Triumphgeschrei. Nur mit Mühe gelingt es der Hirschkuh, die Alte Uhu aus den Fängen Sigfrids zu befreien.

Lachend rennt er davon, um ihren Schlägen auszuweichen. Die Hirschkuh rennt hinterher. Beide ab.

ALTE UHU *richtet ihr Kleid* Reizendes Kerlchen. Wirklich! Reizend meiner lieber Mann! *Ab*

3. Szene

Allmählich füllt sich die Luft mit Musik und betörendem Gesang. Wiland, der dem Klang gefolgt ist, tritt auf und lauscht gebannt. Zwischen den Bäumen taucht eine wundersame Erscheinung aus Licht und Farbe und fließender Bewegung auf. Wiland lauscht und schaut. Schließlich läuft er hin, aber die Erscheinung verschwindet schnell. Wiland findet nur eine bunte Feder.

WILAND Halt! Schönes Bild! Wo bist du? Nichts als Bäume, Büsche, dichter Wald. Eine Feder? – Warum verbirgst du dich? Zeig dich! – Kein Vogel im Wald hat solche Federn. Ich kenn sie alle. – Ich hab die Feder und sonst keine Spur. Ich träume und wache zugleich. Am Ende hat Meister Mime recht, daß er mich mit der Peitsche schlägt, mein Aufwekker.

Aber was reden sie mir auch dauernd vom geheimnisvollen Drachen! Dann fällt das Abendlicht durch die Baumkronen, und der Wind singt in den Zweigen, und Wiland sieht den Drachen tanzen durch den Wald und seine Federn ausstreuen für den Träumer. Und dann sollte es so schön sein, das abscheuliche Vieh? Nein. Es war der Drache nicht, bloß eine Verrücktheit meines Hirns.

Nach Hause geh ich jetzt und tret den Blasbalg für den Knecht, bis mir die Hitze den Kopf leerbrennt, sonst werd ich nie ein Schmied.

4. Szene

Aus dem Gebüsch springt Sigfrid und fällt über Wiland her. Sie ringen, keiner ist überlegen. Sie stieben auseinander und bleiben lauernd in sicherem Abstand voneinander hocken.

WILAND Wer bist du?
SIGFRID Grauß 'nd strrk.
WILAND Stark heißt du? Stark heiß ich auch. Und Schnell. Und listig. Kriegt mich keiner.
SIGFRID Storrm anbrracht
Forrcht mach nacht.
WILAND Fücht-mich-nicht? Komischer Name.
Bist du ein Troll?

Sigfrid greift nach dem Prügel

WILAND Keine Angst. Tu dir nichts. Ich bin Lehrling beim Schmied. Kennst du den Schmied?
HIRSCHKUH *aus dem Off*
Ruft die Eule im Ried,
hüt dich, mein Kind, vor dem Schmied!

Sigfrid hört etwas und ist noch mehr auf der Hut.

WILAND Was hast du, Fürcht-mich-nicht? Heißt du so? Ich heiße Wiland. Kann dein Freund sein. Willst du?

SIGFRID Frrnd Heupfrrrd.
WILAND Eine lustige Sprache hast du. Hast du Hunger? Komm zum Schmied. Komm mit, der gibt dir bestimmt etwas.
HIRSCHKUH *off*
Hörst du die Eule im Ried?
Hörst du, er ruft schon,
der Schmied?

5. Szene

Hirschkuh und Alte Uhu treten auf. Sigfrid und Wiland ducken sich.

HIRSCHKUH Da ist er ja.
ALTE UHU Und der andere auch.
HIRSCHKUH Mein Junge, was machst du?
WILAND Was wollen die Tiere, Freund Fürcht-michnicht? Hätt ich jetzt einen Pfeil!
HIRSCHKUH Junge. Läufst weg von mir und den Schmieden gradewegs in die Hände! Komm!

Mime und Knecht tauchen hinter Sigfrid auf.

HIRSCHKUH *schreit* Nein! Sieh dich vor, Junge!

Mime und Knecht fangen Sigfrid.

WILAND Nicht, Meister! Er ist mein Freund!
MIME *stößt ihn zurück* Wir haben ihn schon, Freundchen!
HIRSCHKUH Nein!

Hirschkuh will Sigfrid zu Hilfe eilen. Alte Uhu hält sie fest. Knecht wirft seinen Speer nach ihr. Hirschkuh und Alte Uhu verschwinden.
Sigfrid wehrt sich wie ein Wolf. Mime hat ihn fest verschnürt und hält ihn sich mit der Speerspitze vom Leib. Knecht ab, seinen Speer zu holen.

MIME Was haben wir denn da erwischt?
Einen wilden Welpen?
Ein Wölfchen?
Wau wau!
KNECHT *kommt mit dem Speer zurück*
Diesmal war es knapp.
Ich krieg sie.
Und die Kuh krieg ich auch!
MIME Vergiß das Viehzeug,
sag ich!
Siehst du nicht,
was wir hier haben?
KNECHT *neckt Sigfrid*
Was brüllst du,
bissiges Bübchen? Haha!

Es gelingt Sigfrid, den Knecht zu beißen. Knecht schreit auf und will Sigfrid mit dem Speer schlagen.

MIME Nein! Nicht!
Das Bübchen ist,
was wir brauchen:
Wagemut ohne Berechnung.
Seele gegen übermächtige Waffen.
Herz gegen überstarke Feinde.
Stolz und Sturmwut
vergißt die Furcht,

wenn das Heiße in ihm aufbraust,
das Dunkle Wilde,
das Unbändige ihn mitreißt,
der Furor Teutonicus.

Sigfrid beruhigt sich.

MIME Stark bist du
und schnell.
Und hast Herz.
Einen Sieger seh ich,
drum nenn ich dich
Sigfrid.
SIGFRID Seigfrrrd? Strrk. Seigfrrrd strrk.

Sigfrid sprengt die Fessel. Der Knecht will mit dem Speer auf ihn los. Wiland geht dazwischen.

WILAND Nein. Laß ihn! Er läuft nicht weg. Ist mein Freund. Freund Heupferd Fürcht-mich-nicht. Komm. Komm mit. Wirst Schmied. Wie ich. Hast Macht über Feuer und Erz. Machst Schwerter und Speere und glitzerndes Geschmeid wie die Elfen im Berg. Komm, Sigfrid, komm.

Sie gehen alle ab.

6. Szene

Auftreten die Alte Uhu und hinter ihr die Hirschkuh.

ALTE UHU Nein, ich kann dir nicht helfen.

HIRSCHKUH Überleg doch mal. Du überlegst gar nicht. Die hätten mich beinah wieder umgebracht. Du bist doch so klug. Du weißt, wies läuft.

ALTE UHU Ich hab dir gesagt, wies läuft und so läufts jetzt. Die Schmiede ziehen durch die Welt und bauen einen Meiler nach dem andern. Da ist nichts zu machen.

HIRSCHKUH Aber mein kleiner Junge! Ich will nicht glauben, daß ich ihn schon nach einem Jahr verloren hab.

ALTE UHU Er ist gewachsen wie in zehn. Du hast ihn überfüttert. Außerdem ist er ein Körbchenkind. Die haben alle eine Macke, das weißt du.

HIRSCHKUH Du solltest den Teppich wieder nähen.

ALTE UHU Nein. Ich werde es nicht mehr tun. Laß mich in Ruhe, du Kuh!

HIRSCHKUH Warte! Wie lang ist der Teppich jetzt schon zerrissen? Monate? Jahre?

ALTE UHU Es ist gleichgültig. Niemand braucht ihn.

HIRSCHKUH Alle brauchen ihn, brauchen ein Bild, wie es sein könnte.

ALTE UHU Hör auf mit deinem Hirschkuhgetu. Es ist, wie es ist. Und so bleibt es. Wenns nicht schlimmer wird.

HIRSCHKUH Nein. Das glaub ich nicht. Ich geb die Hoffnung nicht auf. Einmal kommt einer, der den Menschen die Augen öffnet, daß sie das Bild wieder wahrnehmen.

ALTE UHU Ach ja! Ich werd dir sagen, was passiert. Du hattest recht: dieser Wiland ist zu weich. Aber dein kleiner Schatz wird das Schwert schmieden. Und dann wird sie kein Bild mehr aufhalten.
HIRSCHKUH Aber die große Schlange doch? Sie hat das Schwert schon einmal zerbrochen.
ALTE UHU Der Drache? Wer weiß, wie lang diese Kraft noch wirkt?

Beide ab.

2. ZWISCHENSPIEL

Das Kriegskind läßt die Mütze in seiner linken Hand mit einem Apfel in der rechten sprechen.

KRIEGSKIND »Gesell, Gesell!
Wem bist, Gesell, du entstammt?
Welcher Sippe Sohn?
Wundertier heiß ich;
gewandert bin ich;
ein mutterloser Mann.
Keinen Vater hab ich,
ging immer einsam.«*
Weißt du zu kämpfen?
Weißt du zu klagen?
Weißt du zu fliehen?
Weißt du zu fechten?
Weißt du zu ritzen die Runen?
»Siegrunen lern ich,
den Sieg zu gewinnen.
Auf den Schwertknauf schneide ich sie,
auf die Blutrinne.«*

Was willst du, Wundertier?
    Was ich will, weiß es nicht.
    Was ich weiß, will es nicht.
    Was ich such, seh ich nicht.
    Was ich seh, such ich nicht.

Das Kriegskind ißt den Apfel auf.

III. Bild

1. Szene

Auftritt der Knecht mit Sigfrid und Wiland. Die beiden Jungen haben Kapuzenmäntel an, Fesseln an den Händen und Ketten an den Füßen.

WILAND Aber sag doch, Knecht! Wann nimmt man uns die Fesseln wieder ab?

KNECHT Schweig und warte! Wart und schweige!

WILAND Aber heut ist der Tag unserer Einweihung? Sag wenigstens das! Drei Tage im dunklen Keller, und jetzt bringst du uns ans Licht. Bleiben wir gebunden? Sag: werden wir frei sein und schmieden können, was wir wollen?

KNECHT Schweig, sag ich!
Weibisches Gewinsel!
Bild dir ein Beispiel an dem da.
Ist kein Jahr bei uns.
Und wartet in Würde
wie ein Mann.
Füg dich freudig,
dann werden der Freiheit Flügel
dir schon wachsen! *Ab.*

WILAND Ha! Wüchsen sie mir nur gleich. Hinfliegen wollt ich über Land und See und fort und fort. Sag, was willst du machen als erstes? Nicht mehr Kohle schleppen tagein tagaus. Und Blasbalg treten. Du hast Glück, daß du nicht drei Jahre Lehrling warst wie ich. Dein erstes Gesellenstück, was soll das sein?

SIGFRID Schwärrt.

WILAND Ein Schwert, ja. Ich auch vielleicht ein Schwert. Mein eigenes Schwert, das will ich auch. Aber dann mach ich eine Sonne. Eine Sonne aus rotem Gold mit tausend Strahlen, daß die echte Sonne sich verstecken muß vor Neid! Und mitten drauf ein Mondstein, Sonne und Mond! Und er glänzt so silberhell, daß der echte Mond grau wird wie ein Ascheklumpen. Und damit tret ich hin vor meine Mutter, daß sie sieht, das ist aus mir geworden. Und ich sag dann zu ihr: Einer wie ich, der kann, was er will. Ich schaff dir eine ganze Welt, Mutter, sag ich. Weißt du gar nichts von deiner Mutter?

SIGFRID Modr? *Schüttelt den Kopf.*
Strrk! Schwärrt! Häld drr Wält!

WILAND Ha! Held der Welt! Das flüstern sie allen ein: Vergiß die Mutter und werd ein Held! Aber weißt du, daß du manchmal weinst im Schlaf und ›Mutter‹ rufst?

Sigfrid reagiert wütend und stürzt sich auf Wiland. Der Knecht kommt, sie zu trennen.

2. Szene

Fanfare zum Appell.
Knecht läßt Wiland und Sigfrid Aufstellung nehmen.

KNECHT Zeigt euch, Zöglinge,
würdig und wert!

Mime in martialischer Montur tritt auf und beginnt die durchaus eindrucksvolle Einweihungszeremonie.

MIME Ich grüß euch heute
mit dem Gruß der Schmiede:
Freiheit und Friede für alle Zeit!
Berührt mit dem Schwert ihre Schultern.
Meister war ich euch,
Bruder werd ich sein.
Lange genug lerntet ihr hier.
Wißt nun zu roden
und Meiler zu bauen,
mächtig wie keiner sonst.
Das große Werk,
es wächst.
Und so wächst auch Ordnung
in diesem Urwald.
Mit eurer Hände Geschick
habt ihr geholfen,
das Chaos zu bändigen,
das euch band.
Lös ihnen die Fesseln, Knecht!

Knecht bindet die Jungen los.

MIME Frei seid ihr nun.
Könnt gehen und tun,

was ihr wollt.
Oder bleiben
und bauen die neue Welt.
KNECHT Geht, Gesellen, oder steht!
WILAND und SIGFRID Wir stehen und bleiben.
MIME Zum Zeichen der Freiheit
von allem Alten
legt ab die alten Gewänder,
daß rein ihr tretet
in den neuen Bund.

Knecht nimmt ihnen die Mäntel ab. Sie sind nackt bis auf ein Lendentuch. Sigfrid aber hat sein kleines Körbchen auf dem Rücken. Wiland die bunte Feder an einem Band um den Hals. Als der Knecht Sigfrid das Körbchen abnehmen will, wehrt sich Sigfrid.

SIGFRID Nacht! Gehärrt mrr!
MIME Willst du es behalten, dein Heiabettchen.
Willst dich hinauswagen in die Welt
und die Wiege nicht lassen.
Mann und Kind,
kalt und heiß.
Ist es so?
Sag, ist es so?
Ich dacht,
ich zög mir Helden
und seh nur Hätschelkinder!
Noch einmal sag ich:
Frei seid ihr.
Geht oder bleibt.
Aber bleibt nicht als Memmen!

Sigfrid gibt zögernd das Körbchen her. Mime ist zufrieden und reißt Wiland, ohne zu fragen, die Feder vom

Hals. Wiland reagiert aufgebracht, reißt sich aber zusammen.

WILAND Meine schönste Feder!
  Weiß nicht mal, von welchem Vogel!
MIME *spöttisch, undurchsichtig*
  Am End ists eine Drachenfeder
  und brennt dir ein Loch
  in die Brust.
  Die Frage wiederholt, Knecht!
KNECHT Geht, Gesellen, oder steht.
WILAND und SIGFRID Wir stehen und bleiben.

Knecht läßt sie sich auf den Boden legen, Gesicht zur Erde.

MIME Hört mich nun künden
  von Feuer, Eisen und Kraft.
KNECHT Hört und schweigt!
MIME Erstens das Eisen.
  Mutter Erde macht es und birgt es,
  wie ein Kind,
  bis wir es bergen:
  ungestalt, roh,
  ein Stück Erz,
  das auf die Hand des Meisters wartet.
  Das Erz ist das Erste.
  Um das Erz der Erde kämpfen wir,
  auch wenn wimmelnde Würmer und Schlangen
  ans Leben uns wollen.
KNECHT Schmiede sind wir.
  Hart wie Erz.
  Zum Kampf stets bereit.

Knecht hebt die Jungen hoch und bindet ihnen Eisenkorsetts um. Sie können damit steifbeinig gehen und die Arme bewegen, aber vom Kopf bis zum Rumpf sind sie starr.

MIME Hört mich zum Zweiten.
KNECHT Hört es und schweigt!
MIME Starr steht ihr jetzt,
doch aufrechte Jünglinge schon
durch des mächtigen Meisters Kraft.
Zwar scheint es euch Zwang,
doch spürt ihr schon lodern in euch
das Feuer der Leidenschaft.
Das Feuer ist das Zweite.
Das Feuer schmilzt das Eisen aus dem Erz,
brennt es rein und frei
von allem Fremden,
Minderwertigen,
Überflüssigen,
Schädlichen.
Und macht es geschmeidig und zäh,
bearbeitbar und unbeugsam.

Knecht macht den beiden Jungen ein Brandmal. Sie schreien vor Schmerz auf.

MIME Ja, schreit! Schreit!
Mit dem Schrei schwindet
die Weichheit der Windeln
aus euren Herzen.
KNECHT Schmiede sind wir.
Heiß wie Feuer.
Zum Kampf stets bereit.
MIME Und jetzt, her den Hammer
und geschmiedet das Eisen,

solange es heiß ist!
Und langsam formt sich das Werkzeug
und die ehrliche Waffe
in der kundigen Hand des Meisters.
Und dann spürt ihr die Kraft,
die Kraft des Mannes.
Die Kraft ist das Dritte.
Die Kraft ohne Furcht,
und der Wille,
die Welt zu beherrschen.
Kraft und Willen,
die endlich den Drachen besiegen.

KNECHT Schmiede sind wir.
Voll der Kraft.
Zum Kampf stets bereit.

Knecht gibt Wiland den Hammer, mit dem er einen symbolischen Schlag auf den Amboß führen soll.

MIME Aufgenommen seid ihr nun.
Legt eure Kraft in diesen Schlag
und führt den Hammer
zum Ruhm der Schmiede
und zum Schrecken der Schlange.

Wiland schlägt kontrolliert.
Knecht gibt den Hammer an Sigfrid weiter.
Sigfrid schlägt so fest, daß der Amboß zerbricht.

KNECHT *bewundernd* Daß der Donner, so ein ...!
MIME *schnell* Nicht schlecht, der Schlag.
Aber loben wollen wir Wiland.
Beherrscht und behend:
So werden die Schwerter
dir schnell gelingen.

SIGFRID *wütend* Icchh bnn stärrrkrr!
KNECHT Hört und schweigt!
MIME Steht und bleibt!
Das sagt euch der Meister.
Einen Tag, eine Nacht,
bis euch endlich grüßt
als Bruder, Mime.

Knecht und Mime beiseite.

KNECHT Erlaubt mir, Meister,
warum lobt Ihr Wiland?
Den Hieb, den Sigfrid tat,
ich glaub, so schön und schrecklich
hat die Welt noch keinen gesehn.
Traurig sein wird unser Held,
weil Ihr feiert den Weichling.
MIME Warte,
diese Traurigkeit will ich wenden
in Wut.
Und die Wut macht den nächsten Streich
noch wilder.
Wunder soll er mir vollbringen,
unser wilder Wüterich
mit seiner Traurigkeit.

Beide ab.

3. ZWISCHENSPIEL

KRIEGSKINDS SCHLAFLIED:
Heitschibumbeitschie,
liebs Kind!
Heitschiebumbeitschie,
schlaf gschwind.

»Muttersöhnchen faulenzen,
wenn sie müde sind und auch sonst.
Muttersöhnchen heulen,
wenn sie ein Schlag trifft.
Muttersöhnchen laufen nach Hause,
wenn es regnet und stürmt.«

»Auf seiner durchschossenen Brust man fand
eine Locke, grau mit verblichenem Band.
Darauf eine Inschrift zeigte sich:
Mein lieber Sohn, ich bete für dich.«

»Muttersöhnchen kennen
weder Nachtmarsch noch Kriegsspiel.
Muttersöhnchen kennen
nicht die Rauhheit der Wälder und die Steine der [Berge.
Muttersöhnchen maunzen
auf weichen Kissen und kuscheln unter weichen [Decken.«*

Heitschibumbeitschie,
liebs Kind!
Heitschibumbeitschie,
schlaf gschwind!

3. Szene

Gegen Morgen stehen Sigfrid und Wiland völlig erschöpft noch immer im Korsett aus Eisen.
Die Hirschkuh tritt auf.

HIRSCHKUH Mein Gott, wie lange stehen die da schon?
Die Sonne kommt bald herauf. Arme Kinder!

Sigfrid stöhnt auf.

HIRSCHKUH Könnt ich euch nur helfen! Aber ich armes Vieh gegen die Heimtücke der Schmiede! Den einen glaubt ich sicher vor ihnen, und daß er rechtzeitig schon davonflöge. Den andern wollt ich schützen und behüten ein Leben lang. Und nun stehen sie beide da, eiserne Hampelmänner.
Vielleicht hätt ich dir erzählen sollen von Siegmund und Sieglinde? Die Geschichte deiner Eltern, inzwischen weiß ich sie:
Wird erzählt, daß dein Vater in den Krieg zog für seinen Schwestermann. Als Hirschkuh denk ich: hätt nicht müssen. Wo seine Frau ein Kindlein trägt. Zieht er hin und läßt sie allein mit zwei intriganten Grafen. Fing also alles an mit Krieg. Und ging weiter, weil die gute Frau nicht mit dem einen Grafen schlafen wollte, heimlich, als Siegmund weg war. Hat er sich geärgert und geht hin und verleumdet sie, als der Herr Krieger-König endlich wieder kommt. Siegmund, sagt er, deine Frau hat ein schlimmes Leben mit dem Stallknecht geführt. Das war ein richtiges Aas, war das, dieser Graf. Aber was macht der Krieger-König? Fragt nicht mal

nach, sondern heißt seine miesen Grafen die Königin in den Wald bringen und töten. Da mußt du schon ein vernagelter Kriegsmensch sein, daß du das verstehst. Die Grafen machten das natürlich, ohne mit der Wimper zu zucken.
Aber jetzt geraten sie in Streit und bringen sich gegenseitig um. Und unten am Fluß, so erzählen die Leute, kriegt Sieglinde ihr Knäblein und legt es in den Sattelkorb, bevor ihr endlich die Kräfte schwinden. Der Fluß greift nach dem Korb, Vater Rhein, und trägt das Knäblein fort. Sieglinde überlebt das natürlich nicht und stirbt. So war das.

SIGFRID *schreit im Schlaf* Modrr!

Hirschkuh erschrickt und macht sich davon.

WILAND *schreckt hoch* Sigfrid! Was ist?
SIGFRID Modr!

Knecht kommt, danach Mime.

KNECHT *spöttisch* Was ist,
hat der Fuchs gebellt
wuffwuff!
und euch erschreckt,
ihr Helden?
MIME Schweig!
Bind sie los!
Die Sonne
seh ich schon schimmern.

Knecht bindet Wiland los, Mime bindet Sigfrid los.

MIME *vertraulich* Hast was gesehen,
sag es mir.

Sigfrid schüttelt den Kopf.

WILAND Geträumt hat er wieder und ›Mutter‹ geschrien im Schlaf.

Wiland erschrickt gleich, weil er sich verraten hat. Sigfrid stürzt sich auf Wiland. Man trennt sie aber schnell.

MIME Still!
Beruhige dich!
Schilt dich ja keiner wegen des Schlafes.
Sag aber doch und erzähl mir,
was siehst du?
Was für Gesichte steigen herum in deinem Kopf?
...
Aber!
Sind wir nicht Brüder jetzt?
Und teilen alles?
Auch die Träume?
Gib mir deine Hand!
Gut so!
Und jetzt sag
und sieh mir in die Augen,
hier, sieh mir in die Augen,
willst du Geheimnisse haben
vor deinem Bruder?
SIGFRID *schüttelt den Kopf* Modr.
MIME Na also!
Weiß es doch sowieso.
Wär ein schlechter Meister,
wenn ich nicht säh,
was dich quält.
Du wirst sie schießen,
morgen.

WILAND Nein, das nicht!
MIME Schlaf jetzt!
  Und nimm dann Pfeil und Bogen
  und bring mir ihr Herz.
WILAND Sigfrid, nein, das machst du doch nicht!
KNECHT Schweig, Memme!
WILAND Sigfrid, sag ihnen nein! Wir sind frei.
MIME Du bringst das Herz.
  Und du?
  Wenn dir so graut vor der Jagd,
  vielleicht taugst du zur Köchin.
  Du wirst es braten
  zur Nacht.
WILAND Ich? Nie!!
MIME Es ist genug jetzt!
  Wer glaubst du, bist du,
  daß du so reden kannst mit mir?
  In den Keller mit ihm, Knecht!
WILAND Nie mehr in den Keller! Nie mehr! *Läuft weg.*
KNECHT Soll ich ihn ...?
MIME Laß ihn rennen.
  Mann-werden ist schwer.
  Und du, komm,
  und ruh dich aus,
  daß dir die Hand nicht zittert
  bei deinem ersten Schuß.

Alle ab.

4. Zwischenspiel

Kriegskind Wieviele Personen können in einem Schutzraum Unterkunft finden, der 5 m lang, 4 m breit und 2,25 m hoch ist, wenn man mit einem dreistündigen Aufenthalt im Keller rechnet und wenn jede Person in der Stunde 1 cbm Luft benötigt?
Ein Flugzeug fliegt mit 580 Kilometer in der Stunde nach einem 1000 km entfernten Ort, um Bomben anzuwerfen. Wann kommt es zurück, wenn das Abwerfen der Bomben 7,5 Min. dauert?

Das Kriegskind findet Sigfrids Körbchen und nimmt es an sich. Es leert sein Säckchen aus: lauter Granatsplitter.

Kriegskind Ich habe einen Granatsplitter aus Stalingrad und einen aus Tobruk und einen aus Bagdad und einen aus Saigon und einen aus ... Vukovar ... etc.

IV. Bild

1. Szene

Alte Uhu *strickt und singt mit heiterem Sarkasmus*
»Rekruten kann man finden
so viel man haben will
Soldat muß alles werden,
es sei dann Knecht oder Mann
kam ein Schandarm geritten
ganz leissig auf mich zu
mit List hat man mich gefangen,

als ich beim Mädchen schlief.
Dem Kaiser will ich dienen
so lang ich leben tu
und werd ich dann erschossen
legt man den Leib ins Grab.«*

HIRSCHKUH *kommt* Hallo! Hallo! Liebe Freundin! Gute Nachricht. Sehr gute Nachricht! Hast du schon gehört? Das Vögelchen ist ihnen aus dem Käfig geflogen. Huschhusch davon. Weiß nicht, warum. Aber sie haben ihn nicht wieder einfangen können. Drei Tage und drei Nächte ist er schon unterwegs im Wald. Hab ich dir nicht immer gesagt, Wiland ist unser Mann?!

ALTE UHU *singt und strickt weiter*
»Dem Kaiser will ich dienen
so lang ich leben tu
und werd ich dann erschossen
legt man den Leib ins Grab.
Da liegen Kameraden
sind alle in eine Gruft begraben
ach Gott erbarme dich ...«*

HIRSCHKUH Warum singst du traurige Lieder?

ALTE UHU Ich bin guter Dinge. Alles läuft wie es soll, und ich strick mir einen Schal für den Winter.

HIRSCHKUH Was Winter? Der Sommer kommt. Was redest du?

ALTE UHU Besser man hat was für wenns kalt wird.

HIRSCHKUH Weißt du, manchmal bist du – ein bißchen – möcht sagen: wunderlich. Hast du den Vorhang genäht?

ALTE UHU Kein Faden mehr, weiß nicht, wo der Faden ist.

HIRSCHKUH Den Faden verloren? Näh den Vorhang, sag ich dir.

ALTE UHU Jetzt habe ich eine Masche verloren!
HIRSCHKUH Laß die Strickerei! Sigfrid hat von seiner Mutter geträumt.
ALTE UHU Ah ja? Hast du da was – gedreht?
HIRSCHKUH Sagen wir so: es ist ihm was erschienen im Schlaf und hat ihm von seiner Mutter erzählt.
ALTE UHU Und hat das den jungen Helden beeindruckt?

2. Szene

Wiland kommt erhitzt, trinkt am Fluß und setzt sich zum Ausruhen hin. Er sieht Hirschkuh und Alte Uhu nicht. Sie haben ihn gleich gesehen, verstecken sich und beobachten ihn.

WILAND Sie finden mich nicht. Weiß selber nicht, wo ich hier bin. Und wer ich bin, weiß ich auch bald nicht mehr.
Wiland heiß ich,
Wehland bin ich,
Voland möcht ich sein, der Flieger.
Ich möcht – ich möchte, ha!
Ich möcht einer werden so wie die,
die durch die Nacht mit wilden Schwänen ziehn.
Mein Vater ist der Riese Wato
und meine Mutter ist ein Meerweib.
Ich will nicht stapfen
wie mein Vater stapft durch Wald und Sumpf.
Ich will nicht tauchen
wie meine Mutter taucht am Meeresgrund.
Hoch möcht ich fliegen, leicht möcht ich sein.
Und alles liegt unter mir, winzig und klein.

Und keiner kann mich halten, noch fassen.
Ich möcht, daß die Leute das Maul offen lassen.
Und keiner hats geglaubt und alle sollens sehn,
die dumm und schwer im Dreck der Erde stehn.
Das möcht ich und das werd ich!
Und nicht Drachen stechen und Schwerter schmieden.
Fliegen von hier nach da, von Nord nach Süden!
Sie sollen mich nicht kriegen. Nie mehr!
Rasten will ich und dann weiter.

Wiland legt sich an einen Baum gelehnt zur Ruhe. Er summt noch ein bißchen vor sich hin und schäft dann ein.

3. Szene

HIRSCHKUH Siehst du? Was hab ich gesagt. Gute Nachricht, nicht wahr?

ALTE UHU Keiner entwischt denen. Es sei denn, er flöge.

HIRSCHKUH Flöge? Meinst du nicht, ihr überschätzt euch ein bißchen, ihr Flattervolk? Unsereins ist auch ganz flott zu Fuß.

ALTE UHU Nein, er müßte wissen, was die Völker der Lüfte wissen.

HIRSCHKUH Na, was wissen die denn?

ALTE UHU *beschwörend*

Es gab mal einen, der webte sich ein Gewand
aus der Seide der Asen:
dem Lärm des Katzengangs,
dem Bart der Frau,
den Wurzeln der Berge,

der Sehnsucht der Bärin,
dem Atem der Fische,
dem Speichel der Vögel.

HIRSCHKUH ›Der Bart der Frau‹, naja. Aber die ›Sehnsucht der Bärin‹? Nicht gerade einfach, finde ich.

ALTE UHU Und er machte sich Federn aus den Blättern der Schwerter. Er zerfeilte die Klingen und mischte die Späne unter das Futter der Vögel und gewann neuen Stahl aus ihrem Kot und schmiedete daraus Federn für sein Fluggewand.

4. Szene

Sigfrid pirscht von der Seite heran. Er hat Pfeil und Bogen dabei. Alte Uhu sieht ihn sofort. Die Hirschkuh strahlt vor Mutterglück und will Sigfrid auf jeden Fall begrüßen.

ALTE UHU Bist du verrückt? Sei vorsichtig!
HIRSCHKUH Er ist mein Körbchenkind!
ALTE UHU Er ist ein Schmied.
HIRSCHKUH Er hat mich nicht vergessen.
Sie tritt aus der Deckung. Mein kleiner – Mann!

Sigfrid steht starr, als er sie sieht. Jetzt wacht Wiland auf und sieht gleich, was los ist.

WILAND Sigfrid! Nicht! Laß sie! *Er erschrickt über seine laute Stimme und bleibt vorsichtig in der Deckung.*

ALTE UHU Laß die Mutproben! Wiland traut ihm auch nicht.

HIRSCHKUH Braucht es Mut, sein Kind zu umarmen? *Sie geht auf Sigfrid zu.*

Sigfrid hebt den Bogen.

ALTE UHU Um Himmels willen!

Alte Uhu stürzt sich auf die Hirschkuh und zerrt sie ins Gebüsch. Gleichzeitig schreit Wiland und fällt Sigfrid in den Arm. Sigfrid schießt, als die Hirschkuh schon weg ist. Aufstöhnen im Off. Sigfrid stößt Wiland zurück und läuft mit Jagdgeschrei hinter der Hirschkuh her.

WILAND Laß sie! Sigfrid! – *Leise.* Sigfrid. Das heißt nicht: Schmied sein. So doch nicht: stark sein und schießen. Auf alles!

Sigfrid kommt zurück und bleibt weit von Wiland stehen.

WILAND Du hast sie nicht getroffen, oder? Du machst das nur zum Schein, weil sie dich zwingen. Sag.

Sigfrid hebt seine Hand hoch. Sie ist voll Blut. Wiland rennt entsetzt ins Gebüsch, findet aber nichts. Kommt wieder.

WILAND Sie ist nicht da. Hast sie nicht getroffen. Gut gemacht. Bist ja nicht wahnsinnig. Sie ist sowas wie deine Mutter. Mutter. Modr. Auf deine Mutter schießt du doch nicht, stimmts? Bist doch ein Mensch. – Sigfrid, Bruder. Sag was. Die können dir doch nichts tun. Wenn wir zusammenhalten, können sie uns gar nichts anhaben. Bist du allein hier? – Weißt du was? Wir gehen gemeinsam. Komm! Wenn wir ihnen das Schwert nicht flicken, kann es keiner. Sigfrid siehst du nicht, was sie wollen? Sie haben dich dazu gebracht, auf deine Mutter zu schießen!

Der Knecht taucht auf, bleibt in der Ferne stehen.

SIGFRID *ringt sichtlich mit sich* Sigfrrrd keine Modr!
WILAND Du Narr! Komm mit!

Wiland rennt ins Gebüsch davon. Der Knecht macht eine Kopfbewegung, Sigfrid schießt hinter Wiland her. Ein Schmerzensschrei aus dem Off.
Alle ab.

5. ZWISCHENSPIEL

Das Kriegskind rezitiert den Drachenkampf aus dem Volksbuch vom »Gehörnten Seyfried«, wobei noch zwei Stimmen in einer Art Fuge den gleichen Text sprechen. Ein Drachenkampf ist turbulent und unübersichtlich.

KRIEGSKIND
»Aber der alte Drache schoß über den Held Siegfried
die Flammen blau und roth mit solcher Menge,
daß er den Helden etliche Male bey nahe zur Erde
gefället. Über dieses brauchte sich der Drache
seines Schwantzes mit solcher List,

daß er dem Ritter zum öfteren darein flochte.
Siegfried aber sprang in die Höhe,
fassete sein Schwert manniglich
und führete solch einen gewissen und harten Steich
auf des Drachen Schwantz,
daß er denselben von ihm absonderte,
als ob er nie daran gewesen wäre. usw.

V. Bild

1. Szene

Vor der Schmiede.

Mime Wie still es manchmal ist!
Tückisch tonlos
stellt sich die Welt.
Der Wind nur geht
wie von weit.
Und irgendwo klopft
ein Kleiber.
Oder hörst du dein Herz,
Mime, alter Adam?
Hörst dein Herz,
wie es sagt:
laß los,
der Wind weht,
wie er will!
Manchmal ist man müde,
fragt sich,
ob man Frieden machen soll
mit sich und der Natur.
Aber gibt sie denn Frieden?

Wuchert sie nicht
und wühlt und wütet
und frißt den Friedfertigen?
Sowie du nicht wachst
und tust und machst,
hat sie sich schon
um dein Bein geschlungen
und zieht dich hinab
in grundlosen Sumpf.
Drum darf es ein Müdsein nicht geben.
Auf! Männer!
Warum hör ich
den Hammer nicht klingen?

Aus der Schmiede wird Hämmern hörbar.

MIME Den Morgen sah ich ein Glimmen,
glutrot vom Grund herauf,
wo die Schlange lungert.
Sie ist ganz nah –
nicht zwei Tage von hier –
und nervös;
denn endlich wird es ernst,
das spürt sie
und sieht,
wozu Männer sind
auf Erden.

2. Szene

Wiland kommt aus der Schmiede. Er zieht ein Bein nach. Er sieht sich sichernd um, offenbar hat er etwas zu verbergen. Als er Mime sieht, erschrickt er ein wenig und tut unschuldig.
Der Knecht kommt auch heraus, während man von drinnen immer wieder Hammerschläge auf den Amboß hört. Offenbar überwacht der Knecht Wiland.

MIME Ist gut, Knecht!
Wiland will nicht mehr –
verreisen.
KNECHT Hätt ihn die Schlange Sigfrid nicht gebissen,
ich traut ihm nicht. Dem nicht.
MIME Sprich nicht
von diesem tragischen Versehen,
daß Sigfrid schnell
der Pfeil vom Bogen flog
und traf den Bruder
wo doch der Hirschkuh
galt die Pirsch.
Teufelsvieh, das!
KNECHT Ich sage:
Laß dir einen Vogel um die Nase flattern,
und er legt dir – ein Ei aufs Hemd.
MIME Nein, nein.
Er flattert ja nicht mehr.
Hat sich niedergelassen,
stimmts, mein Freund?
Arbeitest gut und gern,
vor allem mit der Feile.
Späne macht er wie kein Zweiter.
Haha.

KNECHT Soll trotzdem sagen, wo er hinwill. Sag!
WILAND Zu meinen Vögeln, Futterzeit ist.
MIME Hältst dir jetzt Vögel?
Das ist gut.
Laß den Vögeln das Fliegen.
Ist ihr Geschäft.
Unsereins hat Arbeit
hier auf Erden.
Laß ihn ruhig sehen
nach seinen Lieblingen.
KNECHT Ich dachte nur,
hab ein Aug auf ihn,
weil er ständig doch herumstrolcht,
trotz seines Hinkebeins.
MIME *lauernd* Gehst gern spazieren?
Spät und früh.
Wo gehst du hin?
WILAND Nur, wenn die Arbeit es erlaubt.
Und auch nicht weit.
MIME Wohin zum Beispiel, sag!
KNECHT Zum Fluß, als Beispiel.
Nicht, daß du denkst, wir wüßten nicht Bescheid.
WILAND Ja, zum Fluß geh ich ganz gern.
Ein bißchen Atem sammeln von den Fischen.
MIME Was ist das?
KNECHT Ja, so redet er.
Streicht oben um den Bau der Luchse und sagt:
er sammle Lärm vom Katzengang.
MIME So. So.
Und wohin geht er noch, der Sammler?
KNECHT Zur Bärenhöhle.
MIME Aha! Ein warmes Fell für den Winter dir zu holen. Oder was?
WILAND Die Sehnsucht der Bärin such ich.

MIME *stutzt und lacht dann, anscheinend verstehend*
Wiland, der Witzbold.
KNECHT Manchmal denk ich, Meister, der Pfeil hat nicht seine Ferse getroffen, sondern seinen Kopf. Soll er nicht wieder arbeiten?
MIME Nein, warte!
Sag mal, Witzbold,
hast du vielleicht was bei dir
vom Katzengang oder vom Lärm der Fische?
WILAND Nein. Ich ...
MIME Durchsuch ihn, Knecht!

Wiland erschrickt.
Da stürmt hinten Sigfrid aus der Schmiede und schreit Hurra! und schwingt das Schwert Grim, das ihm endlich gelungen ist. Mime vergißt die Durchsuchung und läßt Wiland links liegen. Wiland geht beiseite.

SIGFRID Hrrra! Schwärrt! Grrrmm! Hrrra!
KNECHT Er hats! Er hats geschafft!
MIME Sigfrid! Wunderbarer Knabe!
Freund und Bruder.
Jetzt steht es fest:
du bist es,
den die Welt erwartet
Jahr um Jahr.
Grim hast du geschmiedet,
Gram von uns genommen,
groß wird dein Sieg.
SIGFRID Ha! Seigfrrd grrauß nd grrrammg! Ha!

Sigfrid schlägt mit dem Schwert einen Felsen entzwei. Alle ab, bis auf Wiland. Wiland greift in seine Tasche und holt eine Handvoll Eisenspäne heraus, die er in die andere Hand rieseln läßt. Dann geht auch er ab.

3. Szene

Sigfrid und Knecht in Rüstung mit Brünne, Helm und Schild treten auf. Die Luft ist erfüllt mit einem betörenden Klang. Jetzt taucht zwischen den Bäumen die wunderbare Erscheinung aus Licht und Farbe und fließender Bewegung auf.

KNECHT Das ist sie. Höllenschlange.
Schau sie nicht an!
Meid ihren Blick!
Und zeig ihr, was du gelernt bei Meister Mime!

Sigfrid klappt das Visier zu. Brüllt. Stürmt auf die Drachin los. Da erkennt er, daß sie eine Frau ist. Erschrokken hält er inne und zieht sich zurück.

KNECHT Meid ihren Blick, sag ich!
Und schone nicht das Vieh!
Die Weiberlarve ist nichts als List.
Mannhaftigkeit heißt dein Helm,
der schützt dich vor Versuchung.
Schone sie nicht.

Sigfrid führt einen zweiten Angriff. Die Drachin weicht behende aus wie ein Torrero, der einen Stier umtanzt. Sigfrid verliert den Helm. Die Drachin berührt sein Haar. Sigfrid schreit auf und zieht sich zurück.

KNECHT Sieh dich vor!
Sie berührt dich und schon brennst du.
Aber du bist Sigfrid,
und deine Brünne heißt:

kalt bis ans Herz.
Zeig ihr dein Schwert.
Grim wird sie fällen.

Sigfrid führt einen dritten Angriff. Und jetzt wächst der Klang immer mehr an. Sigfrid hält sich die Ohren zu. Die Sirenenklänge machen ihn kampfunfähig. Er zieht sich zurück.

KNECHT Was bist du denn?
Schon matt und schlaff?
Sigfrid, die Memme?
Soll dich so im Hirn behalten die Welt?
Ritter Milchling?

Sigfrid wird ganz wirr. Er führt einen letzten Angriff und wütet furchtbar, aber nun fast schon gegen sich selbst. Aber er will nicht schwach werden. Schlägt noch wilder um sich und verletzt die Drachin, die ihn schon besiegt wähnte. Ihr Blut tropft vom Schwert auf seinen Finger und er leckt es ab. Er hört die Drachin sprechen:

DRACHIN Was du tust, weißt es nicht.
Was du weißt, tust es nicht.
Was du willst, kannst es nicht.
Was du kannst, willst es nicht.
KNECHT *ruft* Verfluchtes Vieh! Sie blutet, ha!
DRACHIN Wisse, was du tust und tu, was du kannst.
KNECHT Sie blutet! Hau sie nieder nun!
DRACHIN Warum tötest du mich? Weißt es nicht.
Kannst doch lieben. Tust es nicht.
Willst ein Mann sein. Kannst es nicht.
Kannst ein Mensch sein. Willst es nicht.
KNECHT Schlag zu, Sigfrid! Der Sieg ist unser!

DRACHIN Wenn du weißt, was du willst,
dann tu, was du mußt.
SIGFRID Seigfrrd grauß nd grrammig.
DRACHIN Nicht groß und grimmig.
Grau und grade. Das bist du.
SIGFRID Gra – de?
DRACHIN Grade. Grade. Grau und grämlich.
Wie gefällt dir mein Kleid?
SIGFRID Wondrrrfrrbig.
DRACHIN Ha. Wunderfarbig. Schön gesagt! Aber warum läßt du nicht klingen deine Stimme.
SIGFRID Wun – der – far – big – schön.
KNECHT *schreit* Verräter! So verreckt gemeinsam!

Der Knecht stürzt mit gezücktem Schwert auf die Drachin los. Sie weicht ihm aus. Sigfrid ficht mit dem Knecht. Als der Knecht zu unterliegen droht, flieht er. Sigfrid dreht sich stolz zu der Drachin um.

SIGFRID Ha! Wunderfarbig schön.
DRACHIN Weißt du nun, was du willst,
Sigfrid – Siglindensohn?
SIGFRID Ja, ich weiß es. Und ich tu es.

Sigfrid stürmt davon. Die Drachin verschwindet.

4. Szene

KNECHT *kommt atemlos* Meister! Meister!
MIME *aufgeregt heraus* Ha! Ihr seid es!
Jetzt brechen an
der Herren goldene Tage.
Sigfrid! Wo bist du, mein Held?

KNECHT Er ist nicht ...
MIME Versteh.
Du machst ihm nur den Herold.
Gut. Den Siegesboten seh ich.
Laß mich nun grüßen
den Sieger.
Ruft. Sigfrid!
KNECHT Ich fürchte, Herr, er ...
MIME Du bringst gar keinen Sieger?
Du wagst dich her
und bringst mir keinen Sieger?
Er kämpft noch, stimmts?
Du kamst,
um mir zu sagen,
wie kühn er kämpft?
Rede!
KNECHT Nein, Herr, es ist ...
MIME Du sagst nicht,
daß er unterlag!
Das wagst du nicht,
hierher zu kommen
und mir zu sagen:
mein Held ist unterlegen!?
KNECHT Ich fürchte, Herr, es ist viel schlimmer.
MIME *schreit wie verwundet* Nein! Nein!!!
Hol mir den andern!
Her mit ihm! Her!

Knecht ab.

MIME *etwas irre* Höllenweiber. Schlangengesindel!
Oh, Mime, alter Narr!
Warst dir so sicher:
ein Mann und gradeaus

und denkst, die Welt ist dein.
Und siehst nicht,
blinder Tölpel,
wie die andern ihre Netze spinnen.
Fein Gespinst überall
und Leimruten
und Schlingen und Fallen
und tapp tapp tapp,
Trottel,
tappst du hinein!

Knecht bringt Wiland.

MIME Ah, Netzespinner, Fallenleger,
her mit dir.
WILAND *irritiert* Er sagt nichts, Meister. Sagt Ihr mir:
Hat Sigfrid den Drachen besiegt?
MIME Sags ihm. Berichte.
KNECHT Ich weiß nicht ...
MIME Sags ihm. Es soll es wissen.
Soll alles wissen,
unser Schwanenfräulein.
Hahaha.
KNECHT Er sah so gut aus.
Stark und fest.
Und sie so schwach,
ein tänzelndes Fräulein nur.
Dreimal drang er vor
und führte manchen Hieb,
wie ich noch keinen je gesehn.
Keinen.
Aber sie wehrts ab, dreimal.
Und zieht ihm alle Kraft aus Mark und Bein.
Ich weiß nichts anders,

als ihn zu verspotten,
daß er sich noch einmal ermannt.
Und jetzt wütet er,
daß jeder denkt:
nun fällt er sie.
Sie läßt auch schon nach.
Ein Schwertstreich – ha.
Sie blutet.
Das Blut tropft ihm auf die Hand.
Muß heiß sein
wie Pech,
weil er gleich den Finger in den Mund steckt.
Und –
ist verwandelt.
Verzaubert.
Hört ihre Stimme, scheints.
Lauscht.
Scheint zu verstehen,
was sie sagt.
Er vergißt das Schwert, denk ich,
jetzt, wo er sie töten könnte.

MIME Umgedreht.
Nicht besiegt.
Nicht verschlungen.
Umgedreht.
Ein Weib aus ihm gemacht.
Und alles wegen dir!

WILAND Wegen mir? Warum?

MIME Schweig, du Bazill!
Du Zeck!
Du Schädling!
Laus im Pelz,
die alles infiziert!
Du hast mein Meisterwerk gemeuchelt!

Die Welt gewinn ich mir nun nicht mehr.
Aber eine Laus zertreten,
das kann Mime immer.

Mime nimmt das Schwert des Knechtes und will Wiland erschlagen. Da taucht Sigfrid auf.

SIGFRID Mime! Halt! Hier steht dein Feind! Wehr dich!

Sigfrid ficht mit Mime und ersticht ihn, als er fliehen will, hinter der Bühne. Der Knecht flieht.

5. Szene

Wiland will weggehen, als Sigfrid wiederkommt.

SIGFRID Wiland. Wohin gehst du?
WILAND Fort.
SIGFRID Ich geh mit dir.
WILAND Du kannst ja richtig sprechen.
SIGFRID Die Drachin hat es mich gelehrt.
WILAND Gehst du zu ihr?
SIGFRID Nein, ich geh mit dir. Bist du müde mit deinem lahmen Bein, dann stütz ich dich. Du und ich, uns gehört die Welt!
WILAND Ich schenk dir die Welt. Ich fliege jetzt zu den Schwanenjungfraun. *Wieland holt seinen Flugmantel hervor und fliegt davon.*
SIGFRID Nein! Warte! Ich hab dir was mitgebracht: wunderfarbig-schön.

Sigfrid holt eine bunte Drachenfeder hervor und schaut dem wegfliegenden Wiland nach. Da fällt eine ebensolche Feder aus Wilands Flugmantel. Sigfrid fängt sie auf. Er setzt sich traurig und verlassen hin, den Tränen nahe.

Epilog

Aus der Bühnentiefe kommt langsam das Kriegskind. Es zieht seine graue Jacke aus. Es hat ein buntes Hemd drunter: zum erstenmal Farbe an diesem grauen Wesen.
Das Kriegskind holt einen Peitschenkreisel aus der Tasche und beginnt zu spielen.
Die Alte Uhu zieht die beiden Vorhangteile zu und beginnt zu nähen.

(Die mit * bezeichneten Zitate stammen aus: »Grimms Volkslieder«, N. G. Elwert Verlag, 1985; Fritz Erck: »Der Soldat«, Leipzig 1889; »Die Edda«, in der Übertragung v. Felix Genzmer, Jena 1920; »Jungvolk« zitiert nach Erika Mann: »Zehn Millionen Kinder«, München 1986; »Deutsche Volksbücher«, Reinbek, 1968.)

Christian Martin

Igelhans

ein märchenspiel
frei nach dem märchen der brüder grimm
»hans mein igel«

PERSONEN

IGELHANS
KUNZE
seine FRAU
DOKTOR
KÖNIG HEINRICH
seine TOCHTER
KÖNIG KASIMIR
seine TOCHTER
SÄNGER
KINDER / VOLK

1. szene

auf dem markt / leierkastenmusik

SÄNGER es war einmal ein menschlein
das hatt ne igelhaut
und war damit gar traurig
weil keiner ihm vertraut

die mißgeburt verlachten
ob alt ob jung und schön
denn einen igelmenschen
will gar niemand sehn . . .

kunze mit fuhrwerk

DOKTOR na kunzebauer
gutes geschäft
KUNZE kann nicht klagen herr doktor
acht schweine zwei esel
ein batzen taler und groschen
DOKTOR tüchtig tüchtig
was das betrifft
und neben dir
auf deinem kutschbock he *lacht*
noch immer nichts
da rackerst du und rackerst
aber keinen erben
KINDER kunzebauer hof und geld
keine kinder leere welt
KUNZE *knallt mit der peitsche* auseinander
höllenbrut laßt mich durch
hü

die kinder spotten weiter

2. szene

bauernstube

FRAU iß
KUNZE mag nicht
FRAU da trink ein schnaps
lach drüber
KUNZE kann nicht
FRAU ach was bloß neid
KUNZE und spott
den vertrag ich nicht
wofür leben ohne kinder
ich will ein kind
ich will
gottverdammich
und wenns ein igel wär
FRAU schweig
um himmelswillen
keine sünd
eines tages wirst sehn
der herrgott hilft
gehn wir zu bett

3. szene

bauernstube / ein kräftiger hahnschrei wird abgelöst von den wehenschreien der frau

DOKTOR pressen pressen feste pressen
FRAU herr doktor ich bin alle
das bringt mich um
mein leib

das sticht und brennt
wie tausend glühend nadeln *schreit*

DOKTOR feste feste
gut so gut
jetzt *babyschreie* was ist das
betrachtet das kind
gott im himmel
ein seltsames kind
ein junge mit igelhaut
lauter kleine stacheln

MUTTER *weint* ach hans mein igelchen
was für ein unglück
was für ein unglück

kunze

KUNZE ein kind mein kind was ist

MUTTER dein fluch hat ihn verkrüppelt

KUNZE dummes zeug spinnerei

DOKTOR einen guten rat
eurem hans dem wird es schwer einmal
in dieser welt
meine erfahrung
musik
die hilft
armer igelhans
lern ein instrument

4. szene

bauernstube / ein geöffnetes fenster

MUTTER *lesend* auch die andere königstochter
hatte angst vor seinen stacheln

aber sie wollte lieber mit ihm sterben
als ihn verlassen
da endlich konnte er die igelhaut abstreifen
und verbrennen
den bösen zauber vernichten
und er ward ein schöner prinz
es wurde hochzeit gefeiert
und wenn sie nicht gestorben sind
na mein lieber kleiner

IGELHANS dann leben sie noch heute

KUNZE papperlapapp flausen

KINDER igelhans igelhans
hat ein haut wie mummenschanz
mummenschanz igelhans
frißt du auch mäuse
iih

KUNZE schert euch fort
vom fenster weg
ich werd euch

KINDER igelhans komm heraus
komm heraus
wir knacken dich wie eine laus
komm heraus igellaus

KUNZE na wartet ich krieg euch
rotzpack unverschämtes

KINDER bähterättetää fang uns doch hier sind wir noch
ich werf ein stein
los wirf

eine scheibe bricht

KUNZE ich krieg euch
aber dann

igelhans weint

MUTTER ach hans mein igel
die böse welt
was für unglück
was für ein unglück
hör auf mit weinen
ich bin da
KUNZE firlefanz
immer diese märchen
wer glaubt daran
los los frau an die arbeit

beide ab / igelhans spielt auf dem dudelsack
ein trauriges lied

5. szene

straße / glockenläuten

KINDER die kirch ist aus
wir gehn nach haus
VOLK zum maientanz
ein blumenkranz
KUNZE sieh die rangen
wie hübsch herausgeputzt
fröhlich lustig
und unserer
hockt hinterm ofen
auf nacktem stroh
kein bett kein jack kein hos
alles zersticht er
MUTTER kann nichts dafür
KUNZE zu nichts nutze
immer bloß dudelsack
den lieben langen tag

MUTTER das herze schwillt
  so schön spielt er
KUNZE ja doch ja
  aber manchmal wünscht ich
  er wär tot
  oder weit fort
  das wär für ihn das beste
  und für uns auch

igelhans mit dudelsack

MUTTER schweig
  da steht er hilflos und wartet
KUNZE he wohin willst du
IGELHANS fort in den großen wald
  braucht mich niemand sehn
MUTTER nein
IGELHANS ich fall euch nur zur last
  bitte laßt mich gehn
  gebt mir ein paar schweine
  ein paar esel
  ihr seht mich nie mehr wieder dann
KUNZE gut einverstanden
  such dir die tiere aus

igelhans hat sich ein paar schweine und ein paar esel geholt

MUTTER mein junge
  gib auf dich acht
  und gott mit dir *weint*
IGELHANS he ho *mit den tieren ab*

6. szene

wald / wintersturm / die tierlaute wie sterbend

IGELHANS aus
es ist aus
wir werden alle sterben
jämmerlich erfrieren
ohn bett ohn brot
in winters not
du böse kalte nacht
nein nein
narren sind wir
feige narren
da
da seht
die morgensonne steigt und wärmt
wir müssen den winter vertreiben
aufwachen he ho hört ihr
schreit mit letzter kraft he
macht euch bemerkbar
ach sonne komm
schenk uns das leben
wir wollen hier
gemeinsam leben
gebt nicht auf he ho
hauchend mein mund meine finger helft mir
ich muß spielen
spielen den winter vertreiben
die sonne hilft uns

er versucht zu spielen / es gelingt ihm eine sehr schöne melodie

7. szene

wald / vogelgezwitscher

HEINRICH *kommt keuchend angerannt / verschnauft*
wo bin ich wo
verdammter rothirsch
den könig zu foppen
mich
könig heinrich von standhalt
dabei warst du zum greifen nahe
auf und davon
ich könnte vor wut krch
glatt eine zeitung zerreißen ritsch ratsch
meine treiber meine jäger
meine herren offiziere
alle fort weg
pack hundsgemeines
den tod wünscht ihr mir an den hals
das weiß ich
na wartet
sollte ich jemals
dann werde ich kegeln
aber mit köpfen
mich im stich zu lassen
hört ihr nicht
hallo

echo

hier bin ich
ich bin hier
euer könig heinrich von standhalt

echo / warnrufe eichelhäher

schweinespuren eselmist
ein einziger schlammpfuhl
scheißhaufen wo man hinsieht
aahch iih mist verfluchter
ich habe mich verirrt
ich bin verloren
mein gold mein geld meine macht
meine tochter
dein papi stirbt
ich ausgerechnet ich
so ein lieber netter kerl
womit habe ich das verdient
der landesvater voller gemeinsinn
soviel noch hatte ich vor
eine riesenarmee
ein riesengefängnis
eine zelle für jeden der aufmuckt
zu spät
das ist zum mäusemelken

heult / aus der ferne dudelsackmusik

musik
entsetzlich
bin ich schon tot
wache oder träum ich
musik musik *rennt los*
ich komme

grunzen eselschreie musik näher / dann igelhans inmitten vieler tiere

weg da platz da
hallo wer spielt da *sticht sich*
auah au

IGELHANS ich
HEINRICH was heißt hier ich
was bist du
mensch oder igel
IGELHANS ein mensch
igelhans
und du
HEINRICH ein könig
IGELHANS *lachend* und ich dachte ein schwein
sieh dich an *spielt*
HEINRICH ich verbitte mir diesen ton

igelhans spielt

HEINRICH ich befehle dir
IGELHANS schrei nicht
du nimmst mir die ruhe
HEINRICH also das ist
IGELHANS was willst du
HEINRICH was ich will
auf der stelle raus will ich
raus aus diesen stinkmusikwald
du zeigst mit den weg
IGELHANS was krieg ich
HEINRICH dir werd ich
den könig
IGELHANS vorsicht meine stacheln
HEINRICH du zeigst mir den weg
sofort
IGELHANS keine zeit
HEINRICH also das ist
die höhe ist das
sitzt hier faul herum

klimpert auf dem dudelsack
inmitten dieser blökenden hammelherde
IGELHANS ich sehe nur esel und schweine
und ein ekliges vor mir
HEINRICH na warte mißgeburt verfluchte du *schlägt zu und sticht sich*
auah au
IGELHANS ich habe dich gewarnt
einen vertrag
dann helf ich dir
hier sind feder papier und tinte
schreib
HEINRICH *jammernd* meine finger bluten
IGELHANS dann schreib mit blut
und wehe dir
schreib
das erste was mir zu hause begegnet
am königlichen hofe
gehört dem igelhans
HEINRICH *kichernd zur seite*
krüppel und dummkopf dazu
nichts leichter als das
die katzen der hund
die kriegst du
laut mein großes ehrenwort dazu
IGELHANS unterschreib
HEINRICH da nimm den schriebs äh vertrag
steck ihn dir äh
pieks ihn dir auf dein stachelkleid
und jetzt
schnurstracks
raus hier los los
mein land ohne herrscher
eine katastrophe

los schneller
ich
könig heinrich von standhalt

beide ab

8. szene

vor dem schloß / fanfarenruf / die tochter kommt angerannt

HEINRICH nein nein nur das nicht
lauf zurück
TOCHTER aber papi was hast du
HEINRICH ich blödmann
TOCHTER wir waren in großer sorge
HEINRICH mir kommen gleich die tränen
du bist mir nicht begegnet hörst du
nicht als erste
TOCHTER aber papi warum
HEINRICH das erzähl ich dir später
heimtückisches volk eisiges schweigen
was glotzt ihr so dämlich he
schreit gefälligst hurra hurra
euer geliebter könig ist wieder da

fanfarenruf

9. szene

wald / vogelgezwitscher

VOLK herr könig
  könig kasimir
  echo / vergebliche suche / ab
KASIMIR *hat sich versteckt*
  ruft nur schreit brüllt
  die kehle aus dem hals euch
  sucht bis ihr schwarz werdet
  ich komme nicht zurück
  sobald nicht
  das regieren habe ich satt
  satt satt
  jeden klitzekleinen fehler
  schiebt ihr mir in die schuhe
  begreift endlich
  das schlaraffenland ist ein traum
  meckern meckern bloß meckern
  wenn man etwas will
  muß man etwas tun
  nicht neunmaldumm quasseln
  und es auf andre schieben
  außerdem
  die weisheit allein
  hab ich nicht mit löffeln gefressen
  bitte bedient euch
  meine schloßbibliothek
  das beste vom besten
  die schönste literatur der freien königreiche
  aber nein zu faul
  wen hab ich getroffen dort
  im lesesaal na

meine tochter und mich
niemand sonst
töchterchen
ein rabenvater bin ich
ein alter verrückter graukopf
bitte verzeih mir tochterherz
aber es mußte sein
du verstehst mich
ohne bücher ohne bilder ohne musik
die erde wäre ein einziges jammertal
wer nicht hören kann muß fühlen
was tun
wie sie überzeugen
ich habe keine kraft mehr
ich bin am ende

dudelsackmusik aus der ferne

KASIMIR was ist das
hier in der einsamkeit des waldes
was für eine musik
eine berauschende melodie
herb und doch süß
wie trunkener honig
fröhlich und traurig zugleich
herrlich
so könnte man sterben *schläft ein und schnarcht laut*

igelhans mit dudelsack

IGELHANS he
KASIMIR huch
IGELHANS wenn ich spiele
wird nicht geschnarcht

KASIMIR entschuldigt ich war erschöpft
IGELHANS seid ihr ein könig
KASIMIR leider ja
IGELHANS was sucht ihr hier
KASIMIR vielleicht euch
ich weiß es nicht
IGELHANS mich sucht niemand
niemand auf der welt
KASIMIR sagt das nicht
IGELHANS ich bin häßlich und ein nichtsnutz
KASIMIR oh nein
ihr seid ein wahrer meister
glaubt mir
ich habe dafür drei ohren
IGELHANS ihr wollt mich trösten
wegen meiner igelhaut
mitleid etrage ich nicht
KASIMIR bitte spielt mir etwas vor

igelhans spielt

KASIMIR ich bekräftige mein urteil
ihr seid ein großer komponist
und ein virtuose auf eurem instrument
werdet kapellmeister an meinem hofe
IGELHANS man würde uns schön verspotten
KASIMIR nun ich erlasse ein hartes gesetz
wer das wagt
wird im schnellgericht verurteilt
ein buch zu lesen
pro monat
natürlich weltliteratur
IGELHANS ihr seid ein sonderbarer könig
nein nein ich bleibe hier

KASIMIR jedenfalls eure musik
ihr habt mich ermutigt nicht aufzugeben
zeigt mir bitte den weg
ich glaube ich habe mich verirrt
für eure dienste bekommt ihr
IGELHANS einen vertrag
KASIMIR von mir aus was ihr wollt
IGELHANS kommt ihr nach hause
das erste was ihr in eure arme schließt
gehört mir
KASIMIR mein wort darauf
aber das ist viel zu bescheiden
überlegt es euch
ihr seid herzlich eingeladen
denn eure kostbare musik
alle sollten die hören
IGELHANS gehen wir

beide ab

10. szene

vor dem schloß / fanfarenruf / die tochter kommt angerannt

VOLK könig kasimir
er ist zurück
wir sind gerettet
lang lebe der könig
TOCHTER vater
KASIMIR na du
umarm mich
TOCHTER *schluchzend* ach vater endlich
ich war so traurig

KASIMIR was für ein glück äh ich meine
ich muß dir erzählen
unbedingt etwas seltsames erzählen
hört auf mit dem gebrüll
man versteht sein eigenes wort nicht
sofort aufhören
ich dulde keinen personenkult
geht lieber an eure arbeit

fanfarenruf

11. szene

auf der straße / eine große herde esel und schweine zieht vorüber / igelhans mit dudelsack / der doktor kommt entgegen

IGELHANS he he vorsicht
der pferdewagen des herrn doktor
guten tag
DOKTOR du
grüß dich igelhans
lange nicht gesehn
wohin des wegs
IGELHANS zu vater mutter
die herde bringen
dann wieder fort
DOKTOR sie glauben
du bist tot längst
IGELHANS seh ich so aus
DOKTOR eine stattliche herde
IGELHANS nehmt sie

DOKTOR aber
mir nichts dir nichts einfach
du bist reich damit
IGELHANS papperlapapp
ich schenk sie dem dorf
vater und mutter
DOKTOR so warte doch
IGELHANS die igelhaut ist mein fluch
ich muß hinaus in die welt
man erwartet mich *spielt / ab*
DOKTOR viel glück
und danke *kehrt um und treibt die herde*

12. szene

vor dem schloß / igelhans spielt / volk kommt angelaufen

HEINRICH *am fenster* das ist der gipfel
dieser igelkretin wagt sich hierher
TOCHTER dort unten vor dem tor
ist er das
HEINRICH igelschwein
TOCHTER iih was für ein häßlicher krüppel
papi wie konntest du nur
zum glück weiß er nicht
HEINRICH und das blöde volk
frißt seine scheußliche musik
wie berge aus zuckerwatte
die werdens ihm verraten haben
IGELHANS gib sie heraus deine tochter
HEINRICH da hörst du es
einen dreck werd ich

IGELHANS hier der vertrag unterschrieben
mit deinem blut
HEINRICH damit wisch dir
deinen stachligen arsch ab
er und seine tochter lachen
TOCHTER fort weg mit dir
du schäbiger vagabund
stachliger mistkerl was bildest du dir ein
mich die königstochter
zieh leine
HEINRICH oder wir hetzen die hunde auf dich
IGELHANS vertrag ist vertrag
HEINRICH die hunde los

geschrei / sie stechen sich und winseln

HEINRICH blödes vieh
nur blutige schnauzen
na warte meine soldaten werden dich
erschlagen erstechen zertrampeln
zerfleddern wie eine lästige mücke
soldaten
TOCHTER igelaffe sprich dein letztes gebet
IGELHANS besser ihr eures
ihr verdient es nicht anders *spielt*

die musik schwillt an zu krachendem getöse und verursacht ein erdbeben / das schloß beginnt zu wackeln

HEINRICH hilfe
ich bitte dich um verzeihung
ich flehe dich an
hilf uns
TOCHTER bitte bitte

HEINRICH ich bereue
alles alles
ich werde mich bessern
der vertrag gilt
TOCHTER ja
igelmensch
hab erbarmen
IGELHANS zu spät
es gibt kein zurück
HEINRICH die erde brüllt
die mauern bersten
hilfe hilfe
TOCHTER so helft uns doch
wir sterben

das schloß stürzt ein

13. szene

ein park vor dem schloß

TOCHTER *leise singend*
königstochter
freud und schmerz
angst und sehnsucht
blutig herz
dunkler bann böser fluch
ach wärs ein traum
oder wie im märchen
KASIMIR find ich dich hier
so traurig verzweifelt
TOCHTER der sommer neigt sein haupt
und wir warten und warten

gehn im schloßpark spazieren
du bist dir sicher er kommt
KASIMIR ohne welterfahrung
sein großes talent müßte verkümmern
TOCHTER aber wenn er so häßlich ist
wie du sagst
schämt er sich
wird er sich lieber vergraben
denn spott und hohn wirken wie tödliches gift
KASIMIR wer weiß wer weiß
vielleicht ist ihm etwas zugestoßen
die menschen tja ja
aber wir geben die hoffnung nicht auf
TOCHTER ich weiß nicht vater
was ich mir wünschen soll
ich sehne mich und
fürchte mich
KASIMIR keine angst
seine wunderbare musik wird auch dich verzaubern
vertraue mir wir werden sehn
außerdem hat er mein wort
TOCHTER dein wort
KASIMIR wer es bricht
wird zum verbrecher
eine welt ohne vertrauen
das wäre
TOCHTER ich möchte ihn lieben
von ganzem herzen
wie eine frau den ersehnten mann
aber
KASIMIR dann tu es
bitte
TOCHTER gut
ich werde es wagen

leises wimmern / igelhans liegt zerschunden hinter einer rosenhecke

TOCHTER dort sieh
hinter dem rosenstrauch
ein großer igel
KASIMIR igelhans herrjemine
was ist geschehen
wer hat dich so zugerichtet
halbtot halb verhungert
TOCHTER wir pflegen ihn gesund

14. szene

ein festsaal im schloß / es herrscht miese stimmung

VOLK doofe hochzeit
wie auf ner beerdigung
die schöne prinzessin
der häßliche igelmensch
kasimir spinnt
verrückt der alte
nur weil der herzzerreißend jammert
auf seinem dudelsack
psst leiser
oder wollt ihr bücher lesen
verkehrte welt
ist doch wahr

15. szene

ein schlafgemach im schloß

IGELHANS endlich allein
TOCHTER ich habe schreckliche angst
wirst du mich nicht töten
mit deinen gräßlichen stacheln
IGELHANS bitte bitte habe mut
dir geschieht kein leid
wenn du mich liebst
du und dein vater
wie einen menschen habt ihr mich behandelt
wie euresgleichen
und du
berühr mich
sieh doch
die stachlige haut
sie löst sich
ich kann sie abstreifen jetzt
TOCHTER wir können sie abstreifen jetzt
IGELHANS weiter weiter
TOCHTER gut so
gut
IGELHANS ins feuer damit
sie verbrennt im kaminfeuer
der böse fluch ist zu ende
umarme mich
das wird mich endgültig heilen
TOCHTER mein liebster

sie umarmen sich

16. szene

im park vor dem schloß / festliche musik

KASIMIR da gafft ihr he
ein taufrischer prinz
strahlend wie die morgensonne
und unser palast funkelt wie ein edelstein
wer hatte recht na
das junge paar es lebe

das volk jubelt

KASIMIR auf meine alten tage
ein wunder
VOLK könig kasimir weint
vor freude
bombastische krokodilstränen
das hat die welt
noch nicht gesehn
KASIMIR ein handtuch *schneuzt sich gewaltig*
ich verkünde

fanfarenruf

KASIMIR das königreich meine kinder
es gehört euch
äh quatsch
natürlich uns allen
HANS und sendet einen boten
zu meinem vater meiner mutter
ich lade sie ein hierher
für immer
denn ich lebe

TOCHTER *glücklich* und liebe

jubel

17. szene

auf dem markt / leierkastenmusik

SÄNGER . . . wers glaubt wird selig draus
da nahm er sich ein strick
und hängt im wald sich auf
da war sein leben aus

Ende.

Bojan Papasow

Köpfchen, Köpfchen

Deutsch von Mechthild Schäfer

PERSONEN

GLAWTSCHO, der Dummkopf
GLAMTSCHO, der Hohlkopf
GLUPTSCHO, der Trotzkopf
GROSSVATER BOSHKO
DAS HÄSSLICHE MÄDCHEN

Zeit der Handlung: einst

Auf einer Wiese – ein Korb voll Kirschen. Die Dummköpfe Glawtscho und Glamtscho hängen sich welche über die Ohren, teilen die Kirschen in drei Häufchen, essen welche und spucken die Steine in die Luft. Gluptscho kommt. Er weint. Aus Versehen tritt er in die Kirschen.

GLAWTSCHO Mußt du uns die Kirschen zertrampeln, du Trampeltier?

GLUPTSCHO Ich kann doch nichts sehen, Glawtscho. Meine Augen sind ganz naß.

GLAWTSCHO Wieso denn naß? Es hat doch nicht geregnet.

GLUPTSCHO Was weiß ich ... Die haben mich verhauen, und da sind sie naß geworden.

GLAMTSCHO Wer hat dich denn verhauen, Gluptscho?

GLUPTSCHO Ach, laß mich in Ruhe.

GLAWTSCHO Die haben dich doch nicht zufällig verhauen. Die haben dich verprügelt, damit du uns in die Kirschen latschst! In unsere schönen Kirschen! *Zu Glamtscho.* Hör auf zu fressen, Glamtscho! *Zu Gluptscho.* Los, sag jetzt, wer dich verhauen hat!

GLUPTSCHO Die haben mich immer »Dummkopf« gerufen ... und da hab ich gerufen, ich bin keiner ... Und da haben sie mich verhauen.

GLAMTSCHO Warum lügst du denn auch, Gluptscho? Klar bis du ein Dummkopf!

GLUPTSCHO Bin ich nicht!

GLAWTSCHO *nachsichtig* Doch, du bist einer, aber ein kleiner. Du bist unser Trotzköpfchen, Gluptscho. Dein großer Bruder Glawtscho ist ein großer Dummkopf.

GLAMTSCHO Und dein großer Bruder Glamtscho ist ein mittlerer Dummkopf, nämlich ein Hohlkopf.
GLUPTSCHO Ihr könnt ja sein, was ihr wollt, aber ich bin kein Dummkopf!
GLAWTSCHO Denkste! Wenn du groß bist, wirst du ein ganz großer Dummkopf sein, Gluptscho.
GLUPTSCHO Niemals!
GLAWTSCHO Wirst du doch!
GLUPTSCHO Nie! Werd ich nie! Schon aus Trotz nicht! Im Gegenteil!
GLAWTSCHO Wie denn – im Gegenteil?
GLUPTSCHO Na eben – das genaue Gegenteil!

Pause. Glawtscho schweigt.

GLAWTSCHO Versteh ich nicht.
GLUPTSCHO *zieht rasch seinen einen Strumpf aus* Was ist das?
GLAWTSCHO *nach einer Pause* Ich denke ... das ist ... ein Strumpf!
GLUPTSCHO *dreht den Strumpf verkehrt herum* Und was ist das jetzt?
GLAWTSCHO Ich denke ... das ... ist ein Strumpf!
GLUPTSCHO Genau! Ein Strumpf! Aber linksherum! Das Gegenteil von rechts ist nämlich links!

Lange Pause. Die beiden Dummköpfe betrachten den Strumpf.

GLAMTSCHO *zu Gluptscho* Ein linker Strumpf willst du also werden?
GLAWTSCHO Nee, Glamtscho, er selber kann sich nicht andersherum drehen, darum hat er uns das mit dem Strumpf gezeigt.

GLUPTSCHO Klar kann ich mich andersrum drehen!
GLAMTSCHO Alter Gluptscho, du bist doch kein Strumpf!
GLUPTSCHO Werdet ihr gleich sehen! *Macht einen Kopfstand.*
GLAMTSCHO *beugt den Kopf zwischen die Beine* Weißt du, Gluptscho, wenn ich das machen sollte, würd ich meinen Geist aufgeben!
GLUPTSCHO Versuchs doch mal!
GLAMTSCHO *macht einen Kopfstand* Besser, die Kirschen rutschen mir in den Bauch, als daß sie mir im Kopf rumkullern. *Fällt um.*
GLAWTSCHO *zu Gluptscho* So willst du also leben?
GLUPTSCHO Ja!
GLAWTSCHO Na fein. Mach mir mal Schatten. *Legt sich hin.* Wenn ich mich ein bißchen ausgeruht habe, sag ich vielleicht sogar Dankeschön.

Glamtscho rückt im Schatten dicht an seinen Bruder heran.

GLAWTSCHO *zu Glamtscho* Ej, du nimmst mir meinen Schatten weg!

Glamtscho rückt wieder ab.

GLAWTSCHO Warte! ... Ich geb dir was von meinem Schatten ab, und du gibst mir von deinen Kirschen.
GLAMTSCHO *kläglich* Ich hab ja nur noch so wenig!
GLAWTSCHO Macht nichts, wenn ich mal ein reicher Dummkopf bin, dann kauf ich dir einen großen Korb voll Kirschen, dann kannst du essen, soviel du willst.
GLAMTSCHO *gibt ihm Kirschen* Danke, Dummkopf. *Gähnt.* Und wenn ich mal ein reicher Dummkopf

bin, dann kauf ich dir ganz viel Schlafmittel, dann kannst du schlafen, solange du willst!

GLAWTSCHO Na, gut.

GLAMTSCHO *seufzt* Komm, laß uns schlafen.

Man hört Gebimmel und Glöckchengeläut. Großvater Boshko kommt mit seiner Schafherde.

GLUPTSCHO He, Großvater, sag deinen Schafen, sie sollen hier nicht rumbrüllen! Sonst wecken sie die Dummköpfe auf!

GROSSVATER BOSHKO *zu den Schafen* Schscht! Kein einziges Glöckchen will ich hören!

Die Schafe verstummen. Stille

GROSSVATER BOSHKO *zu Gluptscho* Was macht ihr denn hier auf der Wiese?

GLUPTSCHO Die hat uns unser Vater vermacht.

GROSSVATER BOSHKO *schaut sich um* Nicht schlecht. Da seid ihr ganz schön reich!

GLUPTSCHO Warum machst du dich über uns lustig, Großvater? Weißt du nicht, daß es im Volksmund heißt: Nicht der ist reich, der was hat, sondern der, der nicht mehr haben will. – Aber wir wollen mehr haben, also sind wir arm.

GROSSVATER BOSHKO Wenn ihr arm seid, sucht euch Arbeit! Zieht in die Welt!

GLUPTSCHO Wir warten!

GROSSVATER BOSHKO Soso ... Und – warum stehst du auf dem Kopf?

GLUPTSCHO Aus Trotz!

GROSSVATER BOSHKO Das heißt, du bist also ein Trotzkopf!

GLUPTSCHO Wenn ich zehnmal einer bin, darfst dus noch lange nicht zu mir sagen, sonst werd ich nämlich wirklich einer.

GROSSVATER BOSHKO Wie denn das?

GLUPTSCHO Na, ganz einfach ... Du bist zwar ein alter und weiser Mann, scheinst aber nicht zu wissen, was für magische Kraft in einem Wort steckt. Hast du nicht schon mal erlebt, daß ein Kind, von dem man immer sagt: „So ein böses Kind, so ein böses Kind", am Ende wirklich böse wird, nur weil seine Mutter und sein Vater es nicht anders gewollt haben? ... Wenn du von einem Menschen sagst, er ist so oder so, dann wird er schließlich so.

GROSSVATER BOSHKO *zu den Schafen* Schäfchen, ihr meine Seelchen, was meint ihr, ob aus diesem Trotzkopf ein Zauberer werden kann?

SCHAFE Bä-ä-ä-ä-!

GROSSVATER BOSHKO Das denke ich auch. Wenn er weiß, daß ein Wort magische Kraft besitzen kann, dann ist er gar nicht so ein Dummkopf, im Gegenteil: Er hat Köpfchen, möcht ich sagen.

SCHAFE Bä-ä-ä-ä!

GROSSVATER BOSHKO Ich werde prüfen, ob er sich zum Zauberer eignet. Es wär mir schon sehr recht, wenn ich jemanden hätte, dem ich mein Amt übergeben kann. Na los, grast und weidet, derweil werde ich mich ein bißchen mit den Dummköpfen unterhalten ... Einverstanden?

SCHAFE Bä-ä-ä-ä-a!

Großvater Boshko stampft mit seinem Hirtenstab auf – es donnert, als würde der Himmel zerspringen. Die Dummköpfe öffnen die Augen, rühren sich aber nicht von der Stelle.

GLAWTSCHO Es donnert.

GLAMTSCHO Ja, es hat gedonnert.

GLUPTSCHO Aber es regnet nicht.

GLAWTSCHO Nein, es regnet nicht, weil die Sonne scheint.

GLAMTSCHO Ja, die Sonne scheint, aber es donnert. *Erblickt Großvater Boshko.* He, du, da is ja ein alter Mann!

GLAWTSCHO *zu Großvater Boshko* Ej, wer bist du denn, was machst du hier?

GROSSVATER BOSHKO Ich bin der Schäfer ... Großvater Boshko nennt man mich ... Und Ihr ... . was macht ihr da?

GLAWTSCHO Ich denke ... wir ... liegen.

GLUPTSCHO Ich hab dir doch gesagt – wir warten!

GLAMTSCHO Weil nämlich unser Vater, der alte Dummkopf, bevor er starb, na ja, da hat er zu uns gesagt: »Ihr müßt warten. Euer Großvater hat gewartet, ich hab gewartet, und auch ihr müßt warten. Dann fällt euch das Glück von selbst in den Schoß!«

GROSSVATER BOSHKO Soso ... Und warum liegt ihr hier so rum?

GLAMTSCHO *kläglich* Weil wir müde sind.

GROSSVATER BOSHKO Wovon seid ihr denn müde?

GLAMTSCHO Vom Träumen.

GROSSVATER BOSHKO Gibts denn Träume, die müde machen?

GLAWTSCHO Doch, die gibts!

GLAMTSCHO Hm ... von der Freiheit ...

GROSSVATER BOSHKO Ach! Von was für einer Freiheit träumt ihr denn?

GLAMTSCHO Na, von der – sich satt zu essen!

GROSSVATER BOSHKO Satt essen willst du dich?

GLAMTSCHO Ja, an Kirschen!

GROSSVATER BOSHKO Bitte, da hast du Kirschen!

Stampft mit seinem Hirtenstab auf, vom Himmel regnet es Kirschen. Glawtscho und Glamtscho stürzen sich darauf, um sie aufzusammeln und zu verschlingen. Gluptscho stellt sich wieder auf die Füße, um sich das Wunder anzusehen.

GLAWTSCHO Warum hast du nicht Schweinebraten gesagt? *Haut Glamtscho auf den Kopf.* Warum hast du nicht Schweinebraten gesagt, Mann?
GLAMTSCHO Weil ich an süßen Brei gedacht hab.
GLUPTSCHO *zum Großvater Boshko* Ej, Großvater, du bist doch nicht etwa der ...

Großvater Boshko schlägt seinen Schafspelz auf, und darunter glänzt ein himmlisches Schaffell. Die Einfaltspinsel erstarren vor Erstaunen.

GLAWTSCHO *steht auf* Weißt du, Großvater Boshko, ich brauche keine Kirschen. *Wirft sie weg.* Was hab ich davon? Ich wünsch mir Heu ...
GLAMTSCHO *zu Glawtscho, enttäuscht* Keinen süßen Brei?
GROSSVATER BOSHKO Wartet mal, das verstehe ich nicht ... Was wollt ihr von mir?
GLAMTSCHO *kläglich* Sieh mal, Großvater Boshko, alle Dummköpfe sind reich, bloß wir besitzen nichts!
GROSSVATER BOSHKO Ach, das ist es.
GLAMTSCHO Ja, wenn wir reich wären, dann könnten wir alles.
GROSSVATER BOSHKO Wenn ihr alles können wollt, dann müßt ihr Zauberer werden. Zauberer können

alles. Reichtum kann verlorengehen, aber Zauberei – nie! Also überlegt es euch!

Die Dummköpfe reden durcheinander. Glawtscho stellt die Ordnung wieder her, indem er Glamtscho eine Ohrfeige gibt, dann Gluptscho eine. Und schließlich, aus Versehen auch Großvater Boshko eine. Der stürzt sofort zu Boden.

GLAWTSCHO *erschrocken* Großvater Boshko! … Also wenn wir schon mal gesagt haben, daß wir reich werden wollen, dann müssen wir unser Wort auch halten!

GROSSVATER BOSHKO Gut, was ihr euch wünscht, das sollt ihr haben. Und ihr wollt alle drei reich werden?

GLAWTSCHO UND GLAMTSCHO *einstimmig* Alle drei!

GLUPTSCHO Ich nicht!

GROSSVATER BOSHKO Ach! Warum denn nicht, mein Junge?

GLUPTSCHO Ich will das Gegenteil von dem, was die wollen … Vom Reichtum – das Gegenteil, was ist das?

GROSSVATER BOSHKO *unsicher* Ich denke … das ist die Zauberei … Denn ein Zauberer besitzt nichts, aber er kann alles …

GLUPTSCHO Ganz egal was, Hauptsache, nicht dasselbe wie die …

GROSSVATER BOSHKO Gut … *Zu Glawtscho und Glamtscho.* Paßt auf, ich werde euch jetzt verraten, wo man einen Schatz finden kann.

GLAWTSCHO UND GLAMTSCHOW *unterbrechen ihn* Wo!?

GROSSVATER BOSHKO Habt ihr eine Vorstellung, was ihr damit anfangen könntet?

GLAWTSCHO Ohja!

GLAMTSCHO Jaha!

GLAWTSCHO UND GLAMTSCHO *einstimmig* Wenn ich reich bin, dann kaufe ich mir …

GROSSVATER BOSHKO *unterbricht sie* Halt! … Einer nach dem anderen! … *Zu Glawtscho.* Na, sag dus zuerst.

GLAWTSCHO *mit geöffnetem Mund* Ä---ä …

GROSSVATER BOSHKO *hilft ihm* Wenn ich reich bin … Na los!

GLAWTSCHO Ja. Also. Wenn ich reich bin, kauf ich mir Heu, damit ich mir ein Haus bauen kann, und dann kaufe ich mir noch eine Schüssel mit Brei. Dann grab ich mir ein tiefes Loch im Haus, da krieche ich rein, und dann schlafe ich. Und wenn ich ausgeschlafen hab, geh ich zu der Schüssel und esse von dem Brei. Dann esse ich, und wenn ich mich sattgegessen habe, gehe ich ins Haus. Und wenn ich ausgeschlafen habe, gehe ich zur Schüssel. Und wenn ich mich sattgegessen habe …

GROSSVATER BOSHKO *unterbricht ihn* Das hast du dir sehr gut ausgedacht. *Zu Glamtscho.* Und du?

GLAMTSCHO Naja, meins is ganz anders… Ä… ä…

GLAWTSCHO *hinter seinem Rücken, leise* Wenn ich reich bin …

GLAMTSCHO Wenn ich reich bin, dann kauf ich mir eine große Schüssel und einen Haufen Heu. Und dann kauf ich mir noch Milch, Grieß und Zucker. Dann koch ich die Milch, tu den Grieß rein und den Zucker und ein bißchen Vanille dazu. Und morgens, mittags und abends esse ich von dem Brei. Und wenn ich satt bin, geh ich ins Heu schlafen.

Und wenn ich ausgeschlafen habe, geh ich in die Schüssel essen. Und wenn ich satt bin, geh ich in die Schüssel schlafen, und wenn ich ausgeschlafen hab, geh ich ins Heu essen ...

GROSSVATER BOSHKO *unterbricht ihn* Auch du hast dir das sehr schön ausgedacht ... Gut. Jetzt sage ich euch, wo sich der Schatz befindet, aber zuerst muß jeder von euch eine Chimäre heiraten.

GLAMTSCHO Du aber mußt mich mit ihr bekannt machen, weil ich nämlich so schüchtern bin.

GLAWTSCHO Mir brauchst du sie bloß zu zeigen.

GROSSVATER BOSHKO Habt ihr denn gar keine Angst?

GLAMTSCHO *erstaunt* Wovor?

GROSSVATER BOSHKO Ihr scheint nicht zu wissen, was Chimären sind?

GLAWTSCHO UND GLAMTSCHO *einstimmig* Nein!

GROSSVATER BOSHKO Und trotzdem wollt ihr sie heiraten?

GLAWTSCHO UND GLAMTSCHO *einstimmig* Ja!

GROSSVATER BOSHKO Ihr seid ja ganz kühne Dummköpfe!

GLAWTSCHO UND GLAMTSCHO *einstimmig* Wieso?

GROSSVATER BOSHKO Die Chimäre ist ein Tier.

GLAWTSCHO Und wir sind Dummköpfe!

GLAMTSCHO Ich hab Tiere gern!

GROSSVATER BOSHKO Na, sehr schön, aber ihr müßt wissen, die Chimäre ist ein schreckliches Tier ... *Pfeift mit dem Mund wie ein Viehhirt. – Im selben Augenblick kommt vom Himmel ein Bild einer Chimäre herabgeschwebt. Zeigt mit dem Hirtenstab auf das Bild.* Die Chimäre ... Sie bewohnt die südlichen Länder und hat drei Köpfe. Vorn hat sie Kopf und Brust eines Löwen, der Rumpf ist der einer

Ziege mit einem Ziegenkopf auf dem Rücken, und der Schwanz ist eine Schlange mit einem Schlangenkopf am Ende.

Die Dummköpfe drängen sich vor dem Bild.

GROSSVATER BOSHKO Die Chimäre ernährt sich von Fleisch, Heu und Mäusen.
GLAMTSCHO *ängstlich* Was für Fleisch?
GROSSVATER BOSHKO Egal, welches, sie ist nicht wählerisch.

Pause.

GLAWTSCHO Sieh mal, Großvater Boshko, dieses Zicklein ... das könnte ich vielleicht ... heiraten ... Aber – was ist dann mit dem Löwenkopf und dem Schlangenschwanz?
GROSSVATER BOSHKO Tja, ihr werdet die Chimären im Ganzen heiraten müssen. Sie bewachen das Häßliche Mädchen.
GLAWTSCHO Was für ein häßliches Mädchen?
GROSSVATER BOSHKO *pfeift erneut* Das Häßliche Mädchen ... *Aber von oben kommt nichts angeschwebt.*
Also paßt auf ... Ihr müßt wandern und wandern, und wenn ihr das neunte Königreich durchwandert habt, warten im zehnten die Chimären auf euch. Dann dürft ihr keine Angst haben, sondern ihr bietet ihnen eure Herzen an, und dann führen sie euch zu dem Häßlichen Mädchen. Da befindet sich der Schatz. Er ist sieben Spannen von ihren Füßen entfernt verborgen ... Also macht euch auf. Viel Glück auf den Weg! ...
GLUPTSCHO Und ich?

GROSSVATER BOSHKO Dich hab ich ja glattweg vergessen! ... Auch du wirst zu dem Häßlichen Mädchen gehen.

GLUPTSCHO *macht einen Freudensprung* Ist das wahr?

GROSSVATER BOSHKO Ja, dort, wo der Schatz verborgen ist, da findest du auch deine Zauberei.

GLUPTSCHO Und die Chimären?

GROSSVATER BOSHKO Hab keine Angst. *Wühlt in seinem Beutel.* Siehst du dieses Steinchen? Das ist ein Zauberstein. Der wird dich vor den Chimären schützen und wird dir helfen. Nimm ihn an dich und gib ihn keinem anderen. Wenn du Hilfe brauchst, leg ihn unter deine Zunge ... *Legt das Steinchen unter seine Zunge.* Und sag: Steinchen, Steinchen, ich will das und das ...

GLUPTSCHO Beschwindelst du mich auch nicht, ej?

GROSSVATER BOSHKO Na hör mal. Meine Herde soll sich in alle Winde zerstreuen, wenn ... *Die Herde zerstreut sich im selben Augenblick.* Ihr meine Schäfchen, ihr meine Seelchen, verzeiht mir alten Mann! ... *Zu Gluptscho.* Ich hab vergessen zu sagen: »wenn ich schwindeln sollte ...« *Die Schafe sammeln sich wieder.* Das Steinchen wirkt, es ist gut. *Gibt es Gluptscho. Der steckt es sich in die Tasche.*

GLAMTSCHO Und ich, Großvater Boshko?

GROSSVATER BOSHKO Für jeden von euch hab ich was. *Wühlt in seinem Beutel.* Hier, nimm diesen Lutscher. Wenn du Hunger hast, dann leck daran und du wirst satt werden, als hättest du den ganzen Tag Brei gegessen. *Zieht ein Sträußchen getrockneter Blumen hervor.* Und du, Glawtscho, nimm dieses Sträußchen. Wenn du müde bist, dann riech daran, und du wirst putzmunter, als hättest du drei Tage und drei Nächte hintereinander geschlafen. Nur eines müßt Ihr wissen: Dich, Glawtscho, und dich Glamtscho, werden das Sträußchen und der Lutscher weder einschlafen noch Brei essen lassen. Noch dich, Gluptscho, das Zaubersteinchen zum Zauberer machen.

Großvater Boshko wird für die Dummköpfe unsichtbar. Die Dummköpfe betrachten ihre Geschenke und rufen dem Großvater Boshko hinterher. Aber sie müssen sehen, daß er nicht mehr da ist. Glamtscho leckt an seinem Lutscher.

GLAMTSCHO *sieht, wie sein Bauch dicker wird* Du, Glawtscho, ich hab mich sattgegessen.
GLAWTSCHO *riecht an seinem Sträußchen und reckt sich wohlig* Und ich hab ausgeschlafen ...
GLAMTSCHO Laß mich auch mal dran riechen ...
GLAWTSCHO Dann laß du mich auch mal lecken.
GLAMTSCHO Hier, du kannst lecken, und ich riech mal ... Los ... drei-vier!

Die beiden kreuzen ihre Arme – der eine leckt, der andere riecht. Gluptscho legt sich das Zaubersteinchen unter die Zunge. Er überlegt, was er sich wünschen soll. Dann:

GLUPTSCHO Steinchen, Steinchen, ich wünsche mir ein bißchen flotte Musik.

Musik erklingt. Die Dummköpfe sind teils erschrokken, teils überrascht.

GLAWTSCHO Mann, Brüder! Das ist nicht gelogen, wir sind nicht betrogen! Das Glück ist uns in den Schoß gefallen!

GLAMTSCHO Meins klebt am Stäbchen!

GLUPTSCHO Meins – am Steinchen ...

GLAWTSCHO Und meins ... *Er steckt sich das Sträußchen an.* Da!

Die Drei tanzen einen feurigen bulgarischen Choro.

GLAWTSCHO *hört auf zu tanzen.* So, Kinder, das reicht. Uns steht ein langer Weg bevor.

GLAMTSCHO Wenn ich an die drei Köpfe der Chimäre denke, weiß du, was da passiert? Stell dir vor, ich küsse vielleicht das Zicklein, dann wird die Löwin eifersüchtig, und baff – packt sie mich am Schlafittchen!

GLUPTSCHO Paß bloß auf, daß dich die Schlange nicht küßt!

GLAMTSCHO Wir müssen sie zähmen. Daß sie lammfromm werden und die Schwänze einziehen.

GLAWTSCHO *betrachtet seine Beine, die zittern* Wißt ihr, so ne Chimäre ist n Tier, was einen ganz schön ...

GLAMTSCHO Was denn, Glawtscho?

GLAWTSCHO Naja ... was einen ganz schön in Schwung bringen kann ... Seht mal, was sie mit meinen Beinen macht – läßt sie einfach tanzen.

GLUPTSCHO Ha, Glawtschos Beine haben das große Zittern gekriegt!

GLAMTSCHO Meine sind ganz weich geworden.

GLUPTSCHO *betrachtet seine Beine* Und meine – warum ist denn mit meinen nichts?

GLAWTSCHO Du hast ja auch keine Chimäre, Gluptscho. Aber meine – die sitzt da neben meinem Haus und glotzt mich an ... Ksch! Gehst du weg, du! Die läßt mich nicht in mein Haus kriechen ... Vor nichts hat die Angst!

GLUPTSCHO *wedelt vor Glawtscho mit den Händen* Aber hier ist doch gar nichts!

GLAMTSCHO Und meine – steht da an meiner Schüssel. Bestimmt will sie von meinem Brei ...

GLAWTSCHO *betrachtet seine zitternden Beine* Wie ich mit diesen Beinen neun Königreiche durchwandern und ins zehnte gelangen soll, ist mir völlig schleierhaft!

GLUPTSCHO Du muß die Chimäre verscheuchen, dann gehts wieder.

Plötzlich beginnt Glamtscho bitterlich zu weinen.

GLAWTSCHO Warum weinst du denn, Glamtscho?

Glamtscho zieht aus seinem Mund einen Zahnstocher hervor.

GLAWTSCHO Sag doch, warum du weinst. Das ist ... ein Zahnstocher, weiter nichts!

GLAMTSCHO *weint* Mein Luuutscher! ... Mein Luutscher is geschmolzen! Ich hab ihn in meinem Mund vergessen!

GLAWTSCHO *streichelt ihm über den Kopf* Sei nicht traurig, Glamtscho, Komm, steht auf, wir müssen den Schatz finden, und dann ... dann brauchst du keinen Lutscher mehr, dann kriegst du Brei, so viel du willst. Komm, auf gehts.

Die drei Dummköpfe können nicht aufstehen.
Ihre Beine haben sich ineinander verhakt.

GLAMTSCHO Ich kann nicht aufstehen. Mein Bein.
GLAWTSCHO Das ist dein Bein ... Nicht das da.
GLAMTSCHO Nein, das ist nicht meins! Meine sind das und das!
GLUPTSCHO Wieso denn deine, wenns meine sind!
GLAMTSCHO Kennst wohl deine eigenen Beine nicht!
GLUPTSCHO Was, ich soll meine Beine nicht kennen? Na, paß auf! *Kneift ihn.*
GLAMTSCHO *schreit vor Schmerz auf* Au-uua!
GLAWTSCHO *zu Glamtscho* Siehst du, es ist deins!
GLUPTSCHO Ich kneif jetzt mal der Reihe nach in jedes einzelne Bein, und wer aufschreit, dem gehört es.
GLAWTSCHO Hör auf mit dem Kneifen. Wir lösen das mathematisch. Drei Dummköpfe geteilt durch ... eins, zwei drei, vier fünf, sechs ...
GLAMTSCHO Sieben.
GLAWTSCHO Sechs! ... Geteilt durch sechs Beine sind ... sind ... je ein halbes Bein!
GLAMTSCHO Dann käme ja auf jeden Dummkopf nur ein halbes Bein! Man geht aber doch auf zwei Beinen!
GLAWTSCHO Möglich, daß man auf zwei Beinen geht, aber das ist nicht richtig! Ihr habt kein Vertrauen in die Mathematik!
GLAMTSCHO Vertrauen schon, aber laufen möcht man können.
GLUPTSCHO Ich habs, Brüder, ich weiß jetzt, wie! Ich werde die Teilung vornehmen, aber ihr müßt euch nachher bei mir bedanken!
GLAMTSCHO Auch noch bedanken!
GLAWTSCHO Na los, laß sehen, wie du teilst, Gluptscho!
GLUPTSCHO Zuerst müßt ihr eure Schuhe ausziehen.

Die Dummköpfe ziehen die Schuhe aus.

GLUPTSCHO Und jetzt macht die Augen zu!

Die Dummköpfe schließen die Augen, Trotzkopf kitzelt sie an den Fußsohlen, und sie kullern nach verschiedenen Seiten auseinander.

GLAWTSCHO Fertig?
GLAMTSCHO Fertig?
GLUPTSCHO Fertig!
GLAWTSCHO *nimmt die Arme herunter* Ha!
GLAMTSCHO Ha! *Beklopft freudig seine Beine.*

Die Dummköpfe ziehen sich die Schuhe wieder an.

GLAWTSCHO Los, Glamtscho, wir gehen jetzt. Fang ein Lied an!
GLUPTSCHO Ej, Brüder, wollt ihr euch nicht bedanken?
GLAMTSCHO Auch das noch! Ich kann so was nicht. Da schäm ich mich.
GLAWTSCHO Können tät ich schon, aber du darfst mich dabei nicht ansehen.
GLUPTSCHO Wie denn – nicht ansehen?
GLAWTSCHO Na so. Dreh dich mal um. *Dreht Gluptscho mit dem Rücken zu sich herum.* Weißt du, was das Gegenteil von sich bedanken ist?
GLUPTSCHO Nee.
GLAMTSCHO Na, das hier! *Gibt Gluptscho einen kräftigen Tritt. Der fällt auf die Nase.* Willst du noch mehr Gegenteiliges?
GLUPTSCHO *richtet sich auf* Gar nichts will ich von euch, ihr ... Diesmal verzeih ich euch noch mal, aber ein zweites Mal nicht, merkt euch das! *Geht ab.*

Die Dummköpfe lachen zufrieden.

GLAWTSCHO Los, Glamtscho, stimm ein Lied an!

GLAMTSCHO *singt* Einen Kilometer zu Fuß!

GLAWTSCHO Mit einem Lied auf den Lippen
Auf zu den Chimären, einen Kilometer zu Fuß!

DIE DUMMKÖPFE *singen*
Einen Kilometer zu Fuß
Ohne Heu zum Verschnaufen,
Ohne Brei, ohne Mus ...

GLAMTSCHO Zählst du sie?

GLAWTSCHO Klar! *Biegt den kleinen Finger um.* Eins, zwei!

DIE DUMMKÖPFE *singen*
Zwei Kilometer zu Fuß,
Ohne Rast für den Hintern,
Ohne Brei, ohne Mus!

GLAWTSCHO *biegt den Ringfinger um* Eins, zwei, drei! *Biegt den Mittelfinger um.*

DIE DUMMKÖPFE *singen*
Drei Kilometer zu Fuß,
Ohne Rast für die Beine,
Ohne Brei, ohne Mus!

GLAWTSCHO Eins, zwei, drei, vier! *Biegt den Zeigefinger um.*

DIE DUMMKÖPFE *singen*
Vier Kilometer zu Fuß,
Ohne Heu, ohne Rast,
Ohne Brei, ohne Mus!

GLAWTSCHO Eins, zwei, drei, vier, fünf! *Biegt den Daumen um.*

DIE DUMMKÖPFE *singen*
Fünf Kilometer zu Fuß,
Ohne Heu, ohne Brei, Ohne Rast, ohne Mus!

GLAWTSCHO *zählt die eingeknickten Finger.* Eins, zwei, drei, vier, fünf, sechs ... *Sucht den sechsten Finger, erschocken.* Halt!

GLAMTSCHO Was is denn Glawtscho? Wir kommen doch gut voran!

GLAWTSCHO *betrachtet seine eingeknickten Finger* Die Kilometer sind zu Ende!

GLAMTSCHO *weist auf Glawtschos andere Hand* Und da? Vielleicht ist da noch ein Kilometer?

GLAWTSCHO Nee. Die brauch ich zum Zeigen.

GLAMTSCHO Und jetzt?

GLAWTSCHO Und jetzt – keine Bewegung! Von hier an beginnt das Nichts. Und das Nichts kann ein Abgrund sein, eine Schlucht, eine tiefe Tiefe ...

GLAMTSCHO *dreht den Kopf weg, um das Nichts nicht zu sehen und schreit* Still-ge-standen!

GLAWTSCHO *zittert* Hör mal, Glamtscho, ohne »Stillgestanden« stillgestanden, verstanden? Sonst lang ich dir eine!

GLAMTSCHO *schreit* Stillge-stan-den!

GLAWTSCHO Was brüllst du denn so, Mann!

GLAMTSCHO Wenn ich brülle, dann beruhige ich mich. *Schließt die Augen.*

GLAWTSCHO Hör auf, die Augen zuzukneifen!

GLAMTSCHO Kneif doch deine auch zu, dann kann dich das Nichts nicht sehen!

GLAWTSCHO *macht die Augen zu, atmet tief durch* Keiner hat hier Angst!

Großvater Boshko kommt und schubst die Dummköpfe von hinten an.

GLAMTSCHO *leise* Du, Glawtscho, da schubst mich was.

GLAWTSCHO Ach.
GLAMTSCHO Gar nicht „ach“, da ist was!
GROSSVATER BOSHKO *als Chimäre* Rrr-rr, Mä-ä-, Ss-ss-ss! *knurrt* Ich bin eine Chimäre!

Pause.

GLAMTSCHO Hast du das gehört?
GLAWTSCHO Nee.
GLAMTSCHO Ich auch nicht.
GROSSVATER BOSHKO *reibt sich an den Dummköpfen* Rrr-rrr. Mää-mä-ä, Ss-ss-ss! ... Wer von euch ist Glawtscho?
GLAMTSCHO Der da! ... Da, Glawtscho, los, gib ihr dein Herz!
GROSSVATER BOSHKO *mit der Stimme einer Ziege* Ich will kein Fleisch, ich will Heu!
GLAMTSCHO Los, Glawtscho, für Heu bist du zuständig!
GLAWTSCHO Naja ... ein bißchen ... hab ich ja. *Holt sein Zaubersträußchen hervor und gibt es hin.*
GROSSVATER BOSHKO Happ! *Stopft das Sträußchen in seinen Beutel. Fährt mit dem Finger über Glawtschos Hals.* Ss-ss-ss! *Als Löwe.* Rr-rr-rr! Bist du auch schön zart? *Als Ziege.* Was zitterst du denn so?
GLAMTSCHO *Kneift die Augen fest zu* Bestimmt, weil wir uns vor nichts ... dem Nichts ... nichts verstecken ... vor gar nichts.
GROSSVATER BOSHKO *Als Löwe* Ich habe vor nichts Angst!
GLAMTSCHO *ängstlich* Bist du allein?
GROSSVATER BOSHKO Ja.
GLAMTSCHO Na, sehr schön. Los führ uns durch das Nichts, damit ich auch zu meiner Chimäre komme! Ich hab schon solche Sehnsucht.

Gluptscho tritt auf.

GROSSVATER BOSHKO *vertritt ihm den Weg* Warum kommst du zurück?

GLUPTSCHO Ich hab gehört, wie die Brüder geschrien haben.

GROSSVATER BOSHKO Laß sie doch schreien! Stopf dir die Ohren zu und geh weiter. Du willst doch ein großer Zauberer werden, oder nicht?

GLUPTSCHO Klar! Aber ich kann sie doch nicht im Unglück allein lassen!

GROSSVATER BOSHKO Deine Brüder stecken nicht im Unglück, die haben sich in ihrer Dummheit verrannt. Die denken, vor ihnen gähnt ein Abgrund, und trauen sich keinen Schritt weiter. Du hast dein Zaubersteinchen, das dir helfen wird. Geh also weiter und halte dich nicht auf!

GLUPTSCHO Ich kann das aber nicht ... sie einfach allein lassen.

GROSSVATER BOSHKO Wie du willst, aber daß dir es hinterher nicht leidtut! *Geht ab.*

Gluptscho geht zu den mit zugekniffenen Augen dastehenden Dummköpfen.

GLAMTSCHO Bist du das, Chimäre?

GLUPTSCHO *lachend* Ja, ich bins!

GLAMTSCHO Los, führ uns durch das Nichts, ja?

GLUPTSCHO Na gut, aber ihr müßt euch vorher bedanken.

GLAMTSCHO Natürlich!

GLUPTSCHO *gibt Glawtscho einen Tritt* Ich höre kein „Dankeschön" *Tritt ihn erneut*

GLAWTSCHO Auaa! Dankeschön!

GLAMTSCHO Was hast du denn Glawtscho? Tut dir was weh? *Gluptscho tritt ihn.*

GLAMTSCHO Brauchst mir nichts zu erklären!

GLUPTSCHO Ich höre kein "Dankeschön" *Tritt ihn erneut.*

GLAMTSCHO Auuu! Dankeschön!

Gluptscho piekt den Dummköpfen mit zwei Fingern in den Rücken – wie mit Hörnern, und schubst sie vorwärts …

GROSSVATER BOSHKO *tritt auf, tippt Gluptscho mit dem Hirtenstab an* Warum hast du vorhin zu deinen Brüdern gesagt, du willst ihnen verzeihen?

GLUPTSCHO *leise* Meinst du, die wissen das noch?

GROSSVATER BOSHKO Mit Worten verzeihst du, aber mit Taten? Da verteilst du Tritte, was?

GLUPTSCHO Na und? Als ob ein Wort gleich einen Abgrund macht!

GROSSVATER BOSHKO Ach! Ich denke, ein Wort hat magische Kraft? Paß auf!

Läuft zu den Dummköpfen und stößt vor ihnen mit dem Hirtenstab auf die Erde. Vor den Dummköpfen gähnt plötzlich eine Grube, und die Drei fallen hinein. Vor Schreck öffnen die Brüder die Augen.

GLAMTSCHO Du, Glawtscho, deine Chimäre ist ein ganz gemeines Aas … Guck mal, in was für eine Grube die uns gelockt hat!

GLAWTSCHO Ist eben ein Vieh – da kann man nichts machen! Sagt das eine und macht das Gegenteil!

Gluptscho schweigt beschämt.

GLAMTSCHO *horcht auf* Du, Glawtscho, da ist noch einer.
GLAWTSCHO In dieser Finsternis kann man ja nichts sehen.

Gluptscho streckt seine Hand aus und berührt die Brüder.

GLAMTSCHO *schreit* Hier ist sie! ... Deine Chimäre!
GLUPTSCHO Ich bin keine Chimäre, Brüder. Ich bin Gluptscho.
GLAWTSCHO Gluptscho? Was machst du hier?
GLUPTSCHO Großvater Boshko hat mich bestraft. Ich hab gesagt, ich verzeihe euch, dabei hab ich euch dann Tritte gegeben ...
GLAMTSCHO Wegen dir sind wir also hier?
GLUPTSCHO Ja, darauf läufts wohl hinaus.
GLAWTSCHO Darauf läuft nichts raus, sondern reingelaufen sind wir! Und wie sollen wir hier wieder rauskommen, kannst du uns das sagen?
GLUPTSCHO Nee, aber ich werde nachdenken!

Er merkt, daß sich in seiner Hosentasche etwas bewegt. Er denkt, es ist ein Tier und haut drauf, um es zu zerquetschen. Dann fühlt er das Jucken am Hals, dann unter der Achsel. Plötzlich lacht er.

GLAMTSCHO Was hast du denn?
GLUPTSCHO Brüder! *Legt sich das Steinchen unter die Zunge.* Seht mal her! Mein Steinchen!
GLAMTSCHO Man kann doch nichts sehen!
GLUPTSCHO Steinchen, Steinchen, bring mich aus der Grube raus! *Das Zaubersteinchen hebt ihn hoch, und er betritt den Grubenrand.* Brüder ich bin oben!

DIE DUMMKÖPFE *recken ihre Köpfe* Und ich?
GLUPTSCHO Ich werf euch den Stein runter.
GLAWTSCHO Daß er hier im Dunkeln ja nicht verlorengeht!
GLUPTSCHO Paß auf, Glamtscho, leg ihn dir unter die Zunge und sag: »Steinchen, bring mich nach oben!« Da nimm.

Großvater Boshko tritt auf. Pfeift wie ein Viehhirt, die Dummköpfe erstarren wie versteinert.

GROSSVATER BOSHKO *zu Gluptscho* Gib ihnen nicht deinen Stein! Die tricksen dich aus.
GLUPTSCHO Kann sein. Vielleicht tricksen sie mich aber auch nicht aus. Warum soll ich denn immer noch Schlechtes von ihnen denken? Sie sind doch meinetwegen da unten. Ich hab sie da hineingebracht, und ich hole sie auch wieder heraus.

Großvater Boshko klopft ärgerlich mit dem Hirtenstab an sein Knie, und, da er seine Kraft verkennt, zerbricht er ihn.

SCHAFE Ba-a-a-a!
GROSSVATER BOSHKO Freut euch nicht zu früh! Ich krieg schon wieder einen Hirtenstab! *Geht ab.*
GLUPTSCHO *zu Großvater Boshko* He! Großvater Boshko! Und meine Brüder?

Großvater Boshko kommt zurück, pfeift, und die Brüder werden wieder lebendig. Großvater Boshko geht ab.

GLUPTSCHO *zu Glamtscho* Da, fang auf! *Wirft das Steinchen.*

GLAMTSCHO *sperrt den Mund auf, um den Stein zu fangen.* Ich hab ihn nicht.

GLUPTSCHO Such ihn!

Glamtscho kriecht auf dem Boden der Grube herum. Glawtscho ebenfalls. Sie suchen, bis Glamtscho den Zauberstein gefunden hat und ihn sich unter die Zunge legt.

GLAMTSCHO Steinchen, Steinchen! Hopp, nach oben! *Springt in die Höhe, doch vergeblich.*

GLUPTSCHO Nicht in sonem Befehlston!

GLAMTSCHO Steinchen, ich bitte dich, bring mich nach oben! *Die Zauberkraft trägt ihn aus der Grube heraus, vis-à-vis von Gluptscho.* Da bin ich!

GLAWTSCHO Ej, Glamtscho, das Steinchen!

GLAMTSCHO Du, Glawtscho, ich geb dir jetzt das Steinchen, aber du mußts mir nachher zurückgeben, verstanden?

GLAWTSCHO Ist gut, Glamtscho, ich gebs dir zurück, aber zuerst mußt dus mir mal herwerfen!
Glamtscho wirft ihm das Steinchen zu. Glawtscho findet es und legt es sich unter die Zunge.
Steinchen, Steinchen, sei so gut und bring mich sofort nach oben zu Glamtscho!

Das Steinchen setzt ihn neben Glamtscho ab. Gluptscho befindet sich auf der gegenüberliegenden Seite der Grube.

GLUPTSCHO Gib mir das Steinchen zurück, Glawtscho, damit ich zu euch rüberspringen kann.

GLAWTSCHO *nimmt das Steinchen aus seinem Mund, betrachtet es und steckt es wieder in den Mund* Was hat denn Großvater Boshko zu dir gesagt?

GLUPTSCHO Daß ich euch das Steinchen nicht geben soll.

GLAWTSCHO Und warum hast du es uns trotzdem gegeben?

GLUPTSCHO Ich wollte euch helfen.

GLAWTSCHO Siehst du, man soll immer das tun, was die älteren Leute sagen. Ich höre auf die älteren Leute, und darum geb ich ihn dir nicht.

GLUPTSCHO Brüder! Ihr könnt mich doch hier nicht allein lassen!

GLAWTSCHO Komm doch! Dich hält doch keiner auf! ... Los, Glamtscho, stimm ein Lied an!

GLAMTSCHO *singt* Taram-para, Taram-para!

GLAWTSCHO Mit Gesang ziehn wir zu den Chimären – Para!

Die beiden Dummköpfe gehen singend ab. Gluptscho stürzt hinter ihnen her, um sie einzuholen, aber die Grube ist rund und hat kein Ende.

GLUPTSCHO *außer Atem* Aus ists mit meiner ... Zauberei ...

Großvater Boshko tritt auf, als altes Weiblein verkleidet.

GROSSVATER BOSHKO Wule-wule-wule! ... *Sieht Gluptscho.* He, Junge, sag mal, hast du wohl hier ein Entenküken gesehen?

GLUPTSCHO Nein, Großmutter, hab ich nicht.

GROSSVATER BOSHKO Es wird doch nicht in die Grube gefallen sein? *Beugt sich über die Grube.* Wule-wule-wule!

GLUPTSCHO Da ist kein Entlein, Großmutter, ich war ja eben da drin!

GROSSVATER BOSHKO Was machst du denn an einem so unheimlichen Ort?

GLUPTSCHO Naja, weiß du, weil ich nichts Besseres zu tun hatte, dachte ich, ich machs anders als meine Brüder. Die wollen mal reiche Dummköpfe werden, und da hab ich mir aus Trotz gedacht, ich werd Zauberer!

GROSSVATER BOSHKO Aber aus Trotz kann man kein Zauberer werden! ... Versuch lieber man, ein kleines Wunder zu tun, dann wirst du sehen, wie schön es ist, zaubern zu können.

GLUPTSCHO Was denn für ein kleines Wunder?

GROSSVATER BOSHKO Naaa ... Du darfst keine Angst haben. Geh einfach mit Bedacht los! Du mußt fest entschlossen sein, ins Ungewisse zu gehen.

Gluptscho macht die Augen zu, damit er nichts sieht, und geht vorsichtig weiter.

GROSSVATER BOSHKO Halt, jetzt sieh dich mal um!

GLUPTSCHO *öffnet die Augen, verwundert* Großmutter, wie kann ich dir danken?

GROSSVATER BOSHKO Sag einfach »danke«, das genügt.

GLUPTSCHO Danke. Ist das nicht zu wenig?

GROSSVATER BOSHKO Der richtige Dank wird sein, wenn auch du jemandem hilfst, den ersten Schritt zu tun.

GLUPTSCHO Ja, Großmutter, das verspreche ich dir! *Geht ab.*

GROSSVATER BOSHKO *richtet sich auf und wirft seine Verkleidung ab* Wolln mal sehen, was hier zu tun ist ... *Stampft mit dem Hirtenstab auf die Erde. Die*

Grube schließt sich. Sooo ... Und jetzt wollen wir mal sehen, wie weit unsere Dummköpfe inzwischen gekommen sind!

Glawtscho und Glamtscho treten auf. Sie singen: »Taram-para, taram-para«, aber sie sind vom langen Wandern erschöpft.

GLAWTSCHO Halt!

Die beiden fallen vor Müdigkeit um.

GLAMTSCHO Du, Glawtscho, hör mal, wir sind große Dummköpfe!
GLAWTSCHO Weiß ich!
GLAMTSCHO Wenn dus weißt, warum hältst du mich dann nicht mal an?
GLAWTSCHO Na, weil wir doch zu dem Häßlichen Mädchen wollen, damit wir ganz reiche Dummköpfe werden – mit ganz viel Schlaf und ganz, ganz viel Brei!
GLAMTSCHO Du, Glawtscho, hör mal. Ob das Häßliche Mädchen nicht hierherkommen kann?
GLAWTSCHO Nee, ich glaub, das geht nicht, leider.
GLAMTSCHO Und was meinst du, wozu habe ich das Steinchen im Mund, na?
GLAWTSCHO Na, für dich!
GLAMTSCHO So ein Dummkopf bin ich nun auch wieder nicht, du Hohlkopf!
GLAWTSCHO Bist du nicht, aber was solls.
GLAMTSCHO Paß auf. Was wünschst du dir vom Steinchen?
GLAWTSCHO Das Häßliche Mädchen!

GLAMTSCHO Das Häßliche Mädchen läuft uns nicht davon. Laß uns zuerst essen und schlafen, daß wir neue Kraft schöpfen ... Also, was soll ich für dich wünschen?

GROSSVATER BOSHKO *ungeduldig* Na los! Los!

GLAMTSCHO Brei ...

GROSSVATER BOSHKO *sagt ihm vor* ... in einer großen Schüssel.

GLAMTSCHO In einer großen Schüssel.

GLAWTSCHO Und für mich ein Schläfchen ...

GROSSVATER BOSHKO *sagt ihm vor* ... im Stehen!

GLAWTSCHO ... aber im Stehen! Damit ich mich nicht schmutzig mache. Steinchen, Steinchen, wir wollen eine Schüssel Brei für Glamtscho und ein Schläfchen im Stehen für Glawtscho!

Glawtscho hat kaum zu Ende gesprochen, da schläft er im Stehen ein. Vom Himmel kommt eine riesige Schüssel herab. Glamtscho faßt am Rand an, schwingt sich über den Rand, läßt sich hineinhängen und taucht den Kopf in den Brei ein. Man sieht nicht, wie er ißt, aber man hört es. Die Beine streckt er in die Höhe und läßt den Kopf nach unten hängen. Großvater Boshko verkleidet sich als Bettler und stellt sich Gluptscho in den Weg. Er streckt die Hand zum Betteln aus.

GLUPTSCHO He, Bettler, hast du vielleicht hier ein paar Dummköpfe gesehen?

GROSSVATER BOSHKO Hier sind welche vorbeigegangen, aber sie haben nicht gesagt, wer sie sind. Sie haben was gesungen wie »Karamel-Bonbon, Karamel-Bonbon«.

GLUPTSCHO Das sind sie gewesen! In welche Richtung sind sie denn gegangen?

GROSSVATER BOSHKO Tjaaa ... *Zeigt auf die Brüder* Sind es vielleicht die da?

GLUPTSCHO Ein langes Leben sei dir beschieden, Alter. Hab Dank! *Geht zu dem schlafenden Glawtscho, durchsucht ihn nach dem Zauberstein.*

GROSSVATER BOSHKO Ich glaube, er hat ihn im Mund.

Kitzelt Glawtscho unter der Nase; der muß im Schlaf niesen, und das Steinchen kullert auf die Erde.

GLUPTSCHO *hebt das Steinchen auf, zu Großvater Boshko* Woher weißt du denn von dem Steinchen? *Großvater Boshko will weglaufen, doch Gluptscho hält ihn an seinem Gewand fest und erkennt ihn.* Schämst du dich nicht, Großvater Boshko! Dich so zu verkleiden!

GROSSVATER BOSHKO *verlegen* Deinetwegen, mein Junge! Das Steinchen hast du doch jetzt wieder, oder? Na, dann geh jetzt! Wenn du als erster zum Häßlichen Mädchen kommst, werdet ihr beide glücklich. Laß doch diese Dummköpfe! Der eine wird in seinem Brei ersticken, und der andere wird bis ans Ende seiner Tage schlafen!

GLUPTSCHO Soll das heißen, die beide sollen an ihrer Dummheit zugrunde gehen, während ich glücklich werde? ... Du enttäuschst mich! Los, mach, verschwinde! Ich brauche dich nicht mehr!

Großvater Boshko geht ab.

GLUPTSCHO *schüttelt Glawtscho* He, Glawtscho! Du!

GLAMTSCHO *aus der Schüssel, dumpf* Gluptscho, ej, hilf mir!

GLUPTSCHO Was machst du denn da, Glamtscho?
GLAMTSCHO Ich esse, soviel ich kann.
GLUPTSCHO Und wozu brauchst du dann Hilfe?
GLAMTSCHO Ich komm nicht wieder raus. Ich bin zu schwer!
GLUPTSCHO *schaut in die Schüssel hinein* Ach du liebe Zeit – Brei!
GLAMTSCHO Der ist schöön süß, du! Rühr ihn ja nicht an, du! ...
GLUPTSCHO Gut, iß ihn schön alleine!
GLAMTSCHO *kläglich* Kann ich ja nicht ... Er kommt mir schon hoch ... Son schöner süßer Brei, und ich muß mich übergeben ... Du, Gluptscho, rette mich vor dem Brei! Ich will keinen Brei mehr, ich esse nur noch Suppe!
GLUPTSCHO *klettert auf einen Baum, legt sich das Steinchen unter die Zunge und ruft* Steinchen, Steinchen, laß den Brei und den Schlaf verschwinden!

Die Schüssel neigt sich sofort zur Seite und kippt Glamtscho aus, dann fliegt sie gen Himmel. Glawtscho öffnet die Augen, gähnt und reckt sich.

GLAWTSCHO *zu Glamtscho schläfrig* Hast du dich sattgegessen?
GLAMTSCHO Bis hierher!
GLAWTSCHO Jetzt ruf ich das Häßliche Mädchen.
GLAMTSCHO Und die Chimären?
GLAWTSCHO Du kannst das ja halten, wie du willst, aber ich – eine Frau mit drei Köpfen? – Niemals! – Steinchen, Steinchen, wir wollen, daß das Häßliche Mädchen hier erscheint!

GLAMTSCHO Du, Glawtscho der Schatz liegt sieben Spannen von ihren Füßen entfernt. Sie soll ihn mitbringen!
GLAWTSCHO Du bist ganz schön schlau, Glamtscho!
GLAMTSCHO Ich hab nur ein gutes Gedächtnis.
GLAWTSCHO Steinchen, Steinchen, sie soll den Schatz gleich mitbringen!

Pause. Die Dummköpfe sehen sich um und horchen.

GLAMTSCHO Nochmal!
GLAWTSCHO *drohend* Steinchen, Steinchen, wir wollen, daß das Häßliche Mädchen mit dem Schatz hierherkommt!

Pause.

GLAMTSCHO Nochmal!
GLAWTSCHO Was heißt nochmal? Gar nicht nochmal! Hier stimmt was nicht!
GLAMTSCHO Sag mal »Häßliches Mädchen«.
GLAWTSCHO Häßliches Mädchen.
GLAMTSCHO Und jetzt sag »Steinchen«.
GLAWTSCHO Steinchen.
GLAMTSCHO Siehst du, Glawtscho, anstatt »Steinschen« sagst du ja »Steinchen!«
GLAWTSCHO Stein – chen ... Tatsache! ... Guck mal! *Sperrt den Mund auf.*
GLAMTSCHO *schaut ihm in den Mund* Ist nicht da.
GLAWTSCHO *tastet mit dem Finger in seinen Mund* Man hat mich bestohlen! Hilfe!
GLAMTSCHO Wozu brauchst du Hilfe?
GLAWTSCHO *greift Glamtscho an die Gurgel* Gib das Steinchen her!

GLAMTSCHO Ich hab dir nicht in den Mund gefaßt! Ich nicht! Ich war doch in dem Brei!
GLAWTSCHO Das Steinchen oder dein Leben!
GLAMTSCHO Natürlich mein Leben. Das Steinchen hab ich ja nicht.
GLAWTSCHO Du, ich bring dich um!
GLAMTSCHO *ringt nach Luft* Wie?
GLAWTSCHO Ich erwürge dich!
GLAMTSCHO Würg doch! ... Wenn du mich erwürgt hast, wirst du dich beruhigen.
GLUPTSCHO Laß ihn los! Das Steinchen hab ich!
GLAWTSCHO *zu Gluptscho* Wo?

Gluptscho zeigt ihm das Steinchen. Glawtscho stürzt sich auf Gluptscho.

GLAWTSCHO Her damit!

Gluptscho versteckt das Steinchen in seinem Ohr und rennt weg. Die Dummköpfe jagen hinter ihm her. Es gelingt ihnen, ihn niederzuwerfen und sich auf ihn zu stürzen. Sie fesseln ihm die Arme und Beine und öffnen ihm gewaltsam den Mund. Gluptscho beißt zu. Schreie. Sie nehmen ihn an den Beinen hoch, schütteln ihn, kitzeln ihn, aber das Steinchen fällt nicht heraus ...

GLAWTSCHO Du, Gluptscho, du kannst wählen – entweder das Häßliche Mädchen oder dein Leben!
GLUPTSCHO *hat nicht verstanden* Was?
GLAWTSCHO Ich sag, entweder du schaffst uns das Häßliche Mädchen her, oder du kannst dich von deinem Leben verabschieden!
GLUPTSCHO Wasislos?

GLAWTSCHO *schreit* Dein Leben oder das Häßliche Mädchen, hab ich gesagt!

GLUPTSCHO Aah! Das Leben, das Leben ...

GLAWTSCHO Ich brauch aber nicht dein zauberhaftes Leben, sondern das Häßliche Mädchen mit dem Schatz! So dumm ist Glawtscho nun auch nicht, daß er sich durch neun Königreiche ins zehnte durchschlägt, endlich beim Häßlichen Mädchen ankommt und dann nichts dabei herausspringt! Nein Brüderchen, jetzt! Jetzt ist es soweit! Jetzt ist Glawtscho im Vollbesitz seiner Kräfte! Weißt du überhaupt, was ich kann? Ich kann jahrelang hintereinander schlafen! Ich kann – ein ganzes Dorf kann ich im Schlaf besiegen. Rufst du sie nun?

GLUPTSCHO Nein! Du kannst mich meinetwegen umbringen, ich rufe sie trotzdem nicht!

GLAWTSCHO Dich bringe ich nicht um. An deiner Stelle werde ich Glamtscho aufhängen!

GLUPTSCHO Laß meinen Bruder in Ruhe!

GLAWTSCHO Bist du damit einverstanden, Glamtscho, daß wir dich aufhängen?

GLAMTSCHO Warum nicht?

GLAWTSCHO Dann stell dich unter den Baum!

Glamtscho stellt sich unter den Baum.

GLAWTSCHO *kniet nieder* Steig auf meinen Rücken und streif dir den Strick über den Kopf.

GLAMTSCHO *streift sich die Schlinge über* Moment, weil sich hier mein Schicksal entscheidet.

GLAWTSCHO Bist du bereit?

GLAMTSCHO Immerbereit!

GLAWTSCHO Paß auf, Gluptscho, wenn ich mich hinlege, hängt dein Bruder am Baum. Du kannst

wählen – dein Bruder am Baum oder das Häßliche Mädchen!
GLAMTSCHO Mit dem Schatz!
GLAWTSCHO Mit dem Schatz – versteht sich … Also, ich fange an zu zählen … Eins
GLAMTSCHO *unterbricht ihn* Du, Glawtscho, ich habe aber einen letzten Wunsch.
GLAWTSCHO Dann sag ihn – deinen letzten Wunsch!
GLAMTSCHO Ich will selber zählen.
GLAWTSCHO Bitte, zähle.
GLAMTSCHO Bei wieviel willst du mich aufhängen?
GLAWTSCHO Bei zehn leg ich mich hin.
GLAMTSCHO *schnell* Eins, zwei, drei, vier, fünf, sechs, sieben, acht … Weiter zähl ich nicht. Das ist mein letzter Wunsch!

Pause.

GLUPTSCHO Nimm ihm den Strick ab! Ich geb dir mein Wort, daß ich das Häßliche Mädchen rufe.
GLAWTSCHO Ich glaube nicht an Worte!
GLAMTSCHO Du, Glawtscho, weißt du, daß, wenn du mich wirklich aufhängst, Gluptscho das Häßliche Mädchen nicht rufen wird? Du hast gesagt: dein Bruder am Baum oder das Häßliche Mädchen.
GLAWTSCHO Ist doch richtig, was ich gesagt habe.
GLAMTSCHO Wieso denn richtig? Überleg mal!
GLAWTSCHO Gut, ich überleg … *Pause.* Tjaa … also, was wird, wenn Gluptscho das Häßliche Mädchen ruft …
GLAMTSCHO … wird Glamtscho nicht aufgehängt!
GLAWTSCHO Und wenn Glamtscho gehängt wird, wird Gluptscho das Häßliche Mädchen nicht rufen … Du hast also recht!

GLAMTSCHO Ja, recht hab ich, aber ich soll hängen!
GLAWTSCHO Wegen Gluptscho. Werdet ihr euch beide einig! Ich bin müde ...

Gluptscho geht zu Glamtscho und nimmt ihm die Schlinge ab.

GLAMTSCHO *reibt sich den Hals* Mann, Gluptscho, ich weiß gar nicht, wie ich dir danken soll.
GLUPTSCHO Schon gut.
GLAMTSCHO Wenn du willst, häng ich dich auch auf, und dann nehme ich dich wieder ab! *Hält ihn an den Armen fest.*
GLAWTSCHO Laß ihn! *Zu Gluptscho.* Na, was ist nun mit dem Häßlichen Mädchen?
GLUPTSCHO *holt das Steinchen aus dem Ohr und legt es sich unter die Zunge* Steinchen, Steinchen, bring uns das Häßliche Mädchen!

Er hat kaum ausgesprochen, da erscheint das Häßliche Mädchen. Sie ist so häßlich, daß es den Brüdern die Sprache verschlägt.

GLAWTSCHO *faßt sich als erster.* He, bist du das Häßliche Mädchen?
HÄSSLICHES MÄDCHEN *boshaft* Sieht man das denn nicht?
GLAWTSCHO Doch, man siehts ...

Die Dummköpfe betrachten den Ort ringsherum um das Mächen, messen sieben Spannen Entfernung von ihren Füßen ab und beginnen zu graben.

GLUPTSCHO *leise, wie zu sich selbst* Steinchen, Steinchen zeig mir, wo ich meine Zauberkraft finde. *Er merkt, wie eine Kraft seinen Arm hebt und ihn zu dem Häßlichen Mädchen führt. Vor den Augen des Mädchens bleibt der Arm reglos stehen.* Irgendwas stimmt hier nicht.

HÄSSLICHES MÄDCHEN Was starrst du mich so an?

GLUPTSCHO Ach nichts.

HÄSSLICHES MÄDCHEN Hast wohl so was häßliches noch nicht gesehen?

GLUPTSCHO Darum gucke ich nicht ... ich wundere mich nur.

HÄSSLICHES MÄDCHEN Geh nach Hause, da kannst du dich wundern! Hier gibts nichts zu wundern!

GLUPTSCHO *sanft* Warum bist du so?

HÄSSLICHES MÄDCHEN Wie bin ich denn?

GLUPTSCHO Na, so ... grob und böse.

HÄSSLICHES MÄDCHEN Bestimmt nicht vor lauter Schönheit! Meinst du, es ist schön, als Scheusal herumzulaufen? Als Scheusal, das im ganzen Königreich nicht seinesgleichen kennt?

GLUPTSCHO Warum ...

HÄSSLICHES MÄDCHEN Darum! Wenn ich auch häßlich bin, so bin ich doch nicht so dumm, dir das auf die Nase zu binden! Schluß jetzt!

Die Dummköpfe buddeln ein zweites Loch.

GLAWTSCHO Hier ist auch nichts.

GLAMTSCHO Bestimmt müssen wir noch weiter graben.

GLAWTSCHO Von wegen graben, wir fragen einfach die da. *Stößt Gluptscho zur Seite.* Mach, daß du weggkommest!

GLAMTSCHO *zum Häßlichen Mädchen* Gibts hier zufällig vielleicht noch ein anderes Häßliches Mädchen?

HÄSSLICHES MÄDCHEN Nein. Oder siehst du hier noch eine Häßliche?

GLAWTSCHO Hast du vielleicht irgendwas von irgendeinem Schatz gehört?

HÄSSLICHES MÄDCHEN *mißmutig* Gar nichts hab ich gehört.

GLAWTSCHO Man hat uns gesagt, sieben Spannen von deinen Füßen entfernt soll ein Schatz verborgen sein.

HÄSSLICHES MÄDCHEN Wenn ihr meint, dann sucht doch!

GLAMTSCHO Wir suchen ja – aber es ist keiner da!

HÄSSLICHES MÄDCHEN Wenn keiner da ist, dann gibts eben keinen!

GLAWTSCHO Du mußt doch was wissen ... Da verstecken welche einen Schatz sieben Spannen von dir entfernt, und du willst nichts gesehen haben! Das gibts doch nicht! *Krempelt sich die Ärmel hoch.* Und wenn du zehnmal ne Frau bist, das werden wir doch sehen!

GLUPTSCHO Wage nicht, sie anzurühren, Glawtscho!

GLAWTSCHO Paß mal auf, du, deine verdrehten Sachen, die stehen mir bis hier! ... *Droht ihm.*

HÄSSLICHES MÄDCHEN *fast zärtlich* Ihr Helden ...

GLAMTSCHO Wir sind keine Helden ... Wir sind Dummköpfe!

HÄSSLICHES MÄDCHEN Ihr Dummköpfe, was hab ich denn getan, daß ihr mich verhauen wollt?

GLAMTSCHO Was heißt hier – was, Mensch! Deinetwegen haben wir uns in Maulwürfe verwandelt! Du häßliche Krähe!

Zwei Tränen glitzern in den Augen des Häßlichen

Mädchens, fallen auf die Erde, klingen und verwandeln sich in zwei Goldmünzen.

DIE DUMMKÖPFE *überrascht* Ha! ... Dukaten!

GLAMTSCHO *mißt mit der Handspanne von ihren Füßen nach oben.* Eins, zwei, drei, vier, fünf, sechs, sieben ... *Sieht dem Häßlichen Mädchen in die Augen, ängstlich.* Mißgeburt, du! *Zwei neue Tränen fließen, und zwei neue Goldmünzen rollen auf den Boden. Zählt die Dukaten.* Eins, zwei ... für mich ... und zwei für dich ... macht vier ... Für ein Schimpfwort – zwei Dukaten!

GLAWTSCHO Mann, da werden wir aber viele Tropfen brauchen.

HÄSSLICHES MÄDCHEN Das sind keine Tropfen, das sind Tränen!

GLAWTSCHO Wenn ich so überschlage – ein Eimer Tropfen für dich, ein Eimer für mich ... Und wenn auf ein Schimpfwort zwei Tropfen kommen, dann ...

HÄSSLICHES MÄDCHEN Ihr Dummköpfe! Dukaten kann ich euch auch für andere Worte geben. Hört mir erst einmal zu!

Ich war einmal sehr schön. Ich besaß alles und wußte nicht, was Tränen bedeuten. Aber eines Tages kam an unserem Dorf ein Schäfer mit seiner Herde vorbei. Und kaum war er da, da begannen seine Schafe zu lammen. Ganz viele Lämmchen. Die konnten sich kaum auf ihren dünnen Beinchen halten, und der Schäfer hatte alle Hände voll zu tun, um sie aufzuheben, denn ein eisiger Wind kam dahergefegt – die erstarrten Zweige klirrten wie Glas! Da zog der Schäfer seinen Pelz aus und steckte die Lämmchen darunter, damit sie es warm hatten. Nur für zwei hatte er keinen Platz mehr, und da rief er mir zu: »Gibt mir deinen Pelzmantel liebes Mädchen, sonst erfrieren mir meine Lämmchen!« Aber ich habe ihm meinen Pelz nicht gegeben. Und da ... rannen den Lämmchen ... Tränen aus den Augen. Da rief der Schäfer: »Sieh sie dir an, du! Hast du denn kein Herz? Die weinen, und du kennst kein Mitleid!« Ich hab meinen Pelz immer noch nicht hergegeben, und da hat mich der Schäfer verflucht: »Schön bist du«, hat er gerufen, »aber so schön wie du bist, sollst du doppelt so häßlich werden! Und wenn du jetzt keine Tränen hast, so sollst du in Zukunft an Tränen ersticken! Und alle deine Tränen sollen zu Dukaten werden, damit alles, was lebt und gierig nach Besitz ist, deine Tränen haben will!« ... Der Fluch des Schäfers hat mich also getroffen, und so vergeht jetzt kein Tag, an dem ich nicht weinen muß ... Alle sind grob zu mir, keiner sagt mir ein freundliches Wort. Ja, das wollte ich euch nur sagen. Erzählt mir was Lustiges! Dann kann ich Tränen lachen.

GLAMTSCHO Meinste, ich bin hergekommen, um dich zu erheitern? Du häßliche Kröte?!

Zwei neue Tränen fließen, und neue Dukaten fallen zur Erde. Gluptscho holt seinen Zauberstein hervor und stellt sich vor das Häßliche Mädchen.

GLUPTSCHO Hört auf, Brüder! Laßt das Mädchen in Ruhe! Hier habt ihr mein Steinchen! Das wird euch so reich machen, wie ihr nur wollt!

GLAWTSCHO *streckt die Hand aus* Gib her! *Er reißt ihm den Zauberstein aus der Hand und legt ihn sich unter die Zunge.* Du weißt, daß ich jetzt alles kann?

GLUPTSCHO Ich weiß.

GLAWTSCHO Dann wirst du uns jetzt an nichts mehr hindern. Du kannst zusehen, zuhören und hältst am besten deinen Mund! ... Sonst blas ich dich in den Wind! *Bläst.* Und dich gibts nicht mehr!

GLUPTSCHO Habt ihr denn kein Mitleid mit dem Mädchen?

GLAWTSCHO Mehr Mitleid haben wir mit uns selber.

HÄSSLICHES MÄDCHEN *zu Gluptscho* Warum hast du denn Mitleid mit mir? Hab ich dich etwa darum gebeten?

GLUPTSCHO Ich meine es gut mit dir!

HÄSSLICHES MÄDCHEN Das kenn ich. Wer ist hier nicht schon alles vorbeigekommen! ... Kommen hierher wie die ärmsten Lumpen und Dummköpfe und gehen von hier fort als anerkannte Lumpen und reiche Dummköpfe! Diese Welt ist durch meine Tränen reich geworden! Laß mich in Ruhe! *Zu den Dummköpfen.* Na los, fangt an! Worauf wartet ihr noch? Beleidigt mich!

GLAWTSCHO Setzt dich erst mal hin, damit die Dukaten nicht so weit springen! Na los, du Vogelscheuche!

GLAMTSCHO Dreckschlampe!

GLAWTSCHO Gib her, ich sammel sie auf!

GLAMTSCHO Nee, nee, alle beide!

Sie bücken sich, um die verstreuten Goldmünzen aufzuheben. Gluptscho kniet sich hin und schlägt mit dem Kopf auf den Boden – er will das Bewußtsein verlieren, damit er nichts sieht und nichts hört.

GLAWTSCHO Zottelelse!

GLAMTSCHO Lausejule!

Es regnet Dukaten. Die Dummköpfe kauern sich eng an die Beine des Häßlichen Mädchens, um sich vor dem Aufprallen der Münzen zu schützen.

GLAWTSCHO Lahmarschige Schnepfe!
GLAMTSCHO Miststück dreckiges!
GLAWTSCHO Dumme Gans!
GLAMTSCHO Blöde Ziege!
GLAWTSCHO Rotzgöre!

Über die Dummköpfe ergießt sich ein solcher Geldregen, daß er sie beinahe zuschüttet.

GLAMTSCHO *unter den Dukaten.* Kamuffel elendes!

Wieder stürzen neue Dukaten herab, und die Dummköpfe schweigen erstickt. Wohltuende Stille. Gluptscho liegt kraftlos auf einer Seite, das Häßliche Mädchen steckt bis an die Taille in Dukaten, und die Dummköpfe sind weder zu sehen noch zu hören ... Großvater Boshko tritt auf.

GROSSVATER BOSHKO Mein Gott, was für eine himmlische Ruhe!
SCHAFE Ba-a-a-a-a!
GROSSVATER BOSHKO Ihr sollt mir nur antworten, wenn ich euch frage!
SCHAFE Ba-a-a-a-a-a!
GROSSVATER BOSHKO *tut erstaunt* Ah! Ich hab gedacht, du hast den entgegengesetzten Weg eingeschlagen! *Gluptscho schweigt.* Sieh einer an, die Dukaten sind da, aber wo sind die Dummköpfe?
GLAMTSCHO Hier sind sie! Unter den Dukaten!

GLAWTSCHO Großvater Boshko, bist du das?

GROSSVATER BOSHKO Ja, ich bins, ich ... Ich sehe, ihr lebt jetzt in Freiheit!

GLAMTSCHO Ja, frei bin ich, aber ich kann mich nicht bewegen!

GROSSVATER BOSHKO Bestimmt ist es sehr schön, wenn man als Dummkopf frei ist!

GLAMTSCHO Schön ist es, aber man kann nicht atmen!

GROSSVATER BOSHKO Wieso das? Was braucht ihr denn nun noch?

GLAWTSCHO Luft, Großvater Boshko, Luft!

GROSSVATER BOSHKO Kauft sie euch doch!

GLAWTSCHO Die kann man nicht kaufen!

GROSSVATER BOSHKO *steckt den Daumen in den Mund* Und was jetzt? *Zu Gluptscho.* Was soll ich mit ihnen anfangen? Von dir hängt es ab, was ich mit ihnen mache. Wenn du willst, dann lasse ich sie in ihrem Gold ersticken, aber wenn du willst, kann ich sie auch retten ...

GLUPTSCHO Nimm ihnen zuerst diesen verfluchten Zauberstein weg!

GROSSVATER BOSHKO Na gut. *Wühlt in dem Goldhaufen, stöhnt auf und zieht seine Hand zurück.* Der beißt ja!

GLUPTSCHO Für einen Dummkopf brauchst du beide Hände. Mit der einen mußt du ihm die Nase zuhalten, und wenn er nach Luft schnappt, mußt du ihm mit der anderen Hand in den Mund greifen!

GROSSVATER BOSHKO *wühlt mit beiden Händen* Gut, jetzt sperrt er den Mund auf! ... Da ist das Steinchen! *Steckt sich das Steinchen in den Beutel.* Und was nun?

GLUPTSCHO Laß sie reiche Dummköpfe sein.

GROSSVATER BOSHKO Du hast recht. Es gibt keine größere Strafe für einen Dummkopf als die, daß er sich jeden Wunsch erfüllen kann. *Stampft mit dem Hirtenstab auf die Erde. Die Dummköpfe stecken ihre Köpfe durch den Goldhaufen. Schweigend stopfen sie ihre Säcke voll.* Los, schert euch weg!

GLAMTSCHO Gleich, erst werden wir hier noch ein bißchen saubermachen.

GLAWTSCHO Gibts hier irgendwo nen Besen, Großvater Boshko?

GROSSVATER BOSHKO Macht bloß, daß ihr wegkommt!

GLAWTSCHO Meinje, wir haben ja bloß nach nem Besen gefragt!

Die Dummköpfe raffen alle Dukaten auf und gehen ab.

GLUPTSCHO Großvater Boshko, kann ich den Zauberstein noch einmal befragen?

GROSSVATER BOSHKO Nein, den Zauberstein geb ich nicht mehr her. Wenn du dich darüber ärgerst, dann ärgerst du dich über dich selbst.

SCHAFE Bä-ä-ä-ä!

GROSSVATER BOSHKO Still! Überall wollt ihr euch einmischen!

SCHAFE Ba-a-a-a-a!

GROSSVATER BOSHKO Ich sollte euch einfach davonjagen! *Hebt seinen Hirtenstab und treibt die Schafe fort.*

Die Schafe laufen den Hügel hinauf und verlieren sich. Nach ihnen geht auch Großvater Boshko ab. Gluptscho und das Häßliche Mädchen sind allein.

GLUPTSCHO Wie heißt du eigentlich??

HÄSSLICHES MÄDCHEN Wozu willst du das wissen?

GLUPTSCHO Nur so, damit ich dir Lebewohl sagen kann ... Ich kann doch nicht einfach zu dir sagen: »Leb wohl, Häßliches Mädchen!«

HÄSSLICHES MÄDCHEN Wer weiß, warum du fragst ...

GLUPTSCHO Wenn du Angst hast, brauchst du es mir nicht zu sagen. *Entfernt sich.*

HÄSSLICHES MÄDCHEN *scheu* Ich heiße Newena.

GLUPTSCHO *bleibt stehen* Ein schöner Name ... Leb wohl, Newena, ich werde wieder nach Hause gehen ... Aus mir ist auch in der Fremde nichts geworden!

HÄSSLICHES MÄDCHEN Du hast wenigstens ein Zuhause. Ich habe nicht mal das. Seit neun Jahren hab ich diese Kleider nicht vom Leib gekriegt! Jeden Morgen wache ich auf mit dem winzigen Hoffnungsschimmer, daß ich eines Tages wieder schön werde. Daß meine Tränen mal ein Ende haben, daß ich erlöst werde! – Daß ich häßlich bin, ist nicht so schlimm! Aber die Tränen hören nicht auf!

GLUPTSCHO *schleudert seine Mütze auf den Boden* Newena, ich werde dich schön machen!

HÄSSLICHES MÄDCHEN Ach, Gluptscho, du Trotzkopf! ...

GLUPTSCHO Du wirst sehen, das schaff ich!

HÄSSLICHES MÄDCHEN Wie denn?

GLUPTSCHO Du wirst sehen!

HÄSSLICHES MÄDCHEN Mein Gott, wenn ich das erleben könnte!

GLUPTSCHO Paß auf ... Zuerst werde ich dich mal anmalen. Ich brauche ... Lippenstift, Augenbrauenstift und ein bißchen Schminke!

HÄSSLICHES MÄDCHEN Oh nein, Gluptscho, bitte nicht! Mit Schminke und Lippenstift ist da nichts zu machen.

GLUPTSCHO Dann muß ich dir den Pelzmantel ausziehen ... *Der Pelz hat statt Knöpfen lauter Vorhängeschlösser.* Aber diese Schlösser ... Wie kriegt man die auf? *Versucht, die Schlösser zu öffnen, den Pelzmantel zu zerreißen – einmal, zweimal – er schafft es nicht. Verzweifelt wirft er sich zu Boden.* Ich bin aber auch zu nichts zu gebrauchen! Nicht mal diese lumpigen Schlösser krieg ich auf! *Weint.*

HÄSSLICHES MÄDCHEN *streichelt ihm über den Kopf* Weine nicht, Gluptscho ... Sei nicht verzweifelt ... Hör auf zu weinen, mein kleiner Dummkopf. Wir brauchen Geduld!

GLUPTSCHO Sag ja nicht Dummkopf zu mir!

HÄSSLICHES MÄDCHEN Aber ich meine es doch zärtlich.

GLUPTSCHO Zärtlich hin – zärtlich her, aber wenn du immer wiederholst »Dummkopf, Dummkopf« – dann werd ich am Ende wirklich einer! Das Wort besitzt magische Kraft! ... *Besinnt sich plötzlich. Wie benommen.* Ehrlich, Mann! Wenn du zu einem sagst, er ist so und so, dann wird er auch so! ... Du bist schön. Ich werde es so lange zu dir sagen, bis du es wirklich bist! Du bist schön, Newena!

HÄSSLICHES MÄDCHEN *zuckt zusammen* Sag es noch mal!

GLUPTSCHO Du bist sehr schön!

HÄSSLICHES MÄDCHEN *lauter* Noch mal!

GLUPTSCHO *lauter* Du bist schön!

HÄSSLICHES MÄDCHEN *noch lauter* Noch einmal!

GLUPTSCHO *noch lauter* Du bist schön!

HÄSSLICHES MÄDCHEN *schreit* Noch mal!

GLUPTSCHO *schreit* Du bist schön! Schön! Schön!

Kaum hat er das dritte Mal »schön« gesagt, da fällt das erste Schloß ab. Dann das zweite und das dritte. Der Pelzmantel fällt langsam herab, gleichsam, als schlüpfe Newena aus ihm heraus. Gluptscho, der zu ihren Füßen kauert, nimmt nichts mehr wahr.

NEWENA *schreit* Noch einmal! *Gluptscho schweigt. Er sieht Newenas Schönheit nicht.* Noch mal!

GLUPTSCHO *erhebt sich* Ich kann nicht mehr, Newena ... Verzeih mir, ich gehe ... Ich bin zu nichts zu gebrauchen.

NEWENA Bitte, geh so nicht fort! ... Bitte, sieh mich an und lächle mir ein letztes Mal zu. Seit ich so häßlich bin, hat mich keiner mehr angelächelt.

Gluptscho hebt seinen Blick, um sie anzusehen und zu lächeln, und läuft fort, überrascht von Newenas Schönheit.

NEWENA Warum läufst du weg?

GLUPTSCHO Du bist so schön!

NEWENA Du bist genau wie die anderen ...

GLUPTSCHO Nein, wirklich, du bist schön! Sieh dich doch an in meinen Augen, wenn du es mir nicht glaubst! *Geht zu ihr!*

NEWENA *betrachtet sich in seinen Augen.* Das bin ich?

GLUPTSCHO Ja, du.

NEWENA Ich bin ja wirklich schön!

GLUPTSCHO Ja, du bist schön. Newena, ich bin ein Zauberer! Hast du gesehen? Was ich sage, das geschieht! ... Ich bin ein Zauberer geworden!

Schreit begeistert Wo ist denn Großvater Boshko? Wo ist Großvater Boshko, daß er es sieht, daß er sieht, ich kann auch ohne seinen Zauberstein zaubern!

Großvater Boshko tritt auf.

GROSSVATER BOSHKO *kommt rückwärts herein* Was ist das für eine Kraft, die mich hierher zieht?
GLUPTSCHO Ich kann zaubern Großvater Boshko! *Tanzt vor Freude mit dem Mädchen.*
GROSSVATER BOSHKO Ich wußte, daß du es kannst.

Glamtscho tritt auf.

GLAMTSCHO *zu Gluptscho und Newena* Schscht!
GLUPTSCHO *ärgerlich* Was suchst du denn hier?
GLAMTSCHO *leise* Das Häßliche Mädchen.
GLUPTSCHO Wozu?
GLAMTSCHO Glawtscho hat sich sattgegessen und ist eingeschlafen, und ich, wenn ich mich schön sattesse, schlafe ich schlecht, und da hab ich mir gedacht ... ein paar Dukaten würden vielleicht ...
GLUPTSCHO Das Häßliche Mädchen gibts nicht mehr!
GLAMTSCHO Wie das? *Wühlt in dem Pelz.*
GLUPTSCHO Da ist das Mädchen! Siehst du? Es ist schön geworden!
GLAMTSCHO *betrachtet Newena* Das ist doch nicht die!
GLUPTSCHO Nicht »die«, sondern Newena. Und du paß auf, denn sie ist mein Mädchen! Also – keine Schimpfwörter mehr!
GLAMTSCHO *stampft mit dem Fuß auf* Du lügst!

Glawtscho tritt auf.

GLAWTSCHO *zu Glamtscho* Was machst du denn hier?

GLAMTSCHO Ich unterhalte mich mit Newena. *Hebt die Arme, um sich vor einem Schlag zu schützen.*

GLAWTSCHO Warum hast du denn Angst?

GLAMTSCHO Weil du mir gleich was unterstellst! *Zu Gluptscho, weinerlich.* Du, Gluptscho, ich will, daß du mir auch aus einer Häßlichen so eine machst!

GLUPTSCHO Die mußt du dir schon selbstmachen!

GLAMTSCHO Wie denn?

GLUPTSCHO Na, mit Worten!

GLAWTSCHO Hast du die mit Worten gemacht?

GLAMTSCHO *zu Glawtscho* Nicht »die«, sondern Newena!

GLUPTSCHO Nicht mit irgendwelchen Worten, sondern mit guten Worten. Ich wollte, daß sie schön wird, und sie ist es geworden.

GLAWTSCHO *zu Gluptscho* Meinst du, du kannst uns belügen, Mann?

GLUPTSCHO Ich lüge nicht. Was ich sage, das geschieht! *Zeigt auf das Mädchen.*

GLAMTSCHO *kommt näher* Du, Gluptscho, mach mich auch zum Zauberer!

GLAWTSCHO Mich auch!

GLUPTSCHO Nein, so geht das nicht.

GLAMTSCHO Warum geht das nicht?

GLAWTSCHO Das geht doch nicht, daß das nicht geht!

GLUPTSCHO Zuerst müßt ihr irgendein kleines Wunder vollbringen.

GLAMTSCHO Wie klein?

GLUPTSCHO Ganz klein, aber so, daß du staunst und

dir sagst, sieh mal an, das hab ich gemacht! Dazu bin ich fähig!

GLAMTSCHO Sieh mal an, das hab ich gemacht! *Zu Trotzkopf* Was hab ich gemacht?

GLUPTSCHO Das müßt ihr euch ausdenken!

Pause. Die Dummköpfe überlegen.

GLAMTSCHO Du, Glawtscho, im Sitzen denkt sichs, glaub ich, besser.

GLAWTSCHO Ja, im Sitzen denkt sichs besser.

Die Dummköpfe setzen sich hin. – Pause.

GLAMTSCHO Du, Glawtscho, im Liegen denkt sichs, glaub ich, am besten.

GLAWTSCHO Ja, im Liegen denkt es sich am besten.

Die Dummköpfe legen sich hin.

NEWENA *zu Gluptscho* Laß sie nicht so liegen – so schlafen sie ein!

GLUPTSCHO Laß sie doch – sie habens nicht anders verdient! Sie taugen sowieso zu nichts anderem!

GROSSVATER BOSHKO *vom Hügel herab* Du sollst einem Menschen helfen, den ersten Schritt zu tun!

Ende.

Fünf Briefe

Liebe Lilly,

Du weißt, ich war skeptisch.
Ich kannte die Grundidee von der Du bei deinem neuen Stück ausgehen wolltest – Schatten.
Ich kannte auch das Kinderbuch »Das Buch von Julie mit dem Jungenschatten« von Christian Bruel und Anne Bozeller, das Dich inspiriert hatte. Das war eine andere Geschichte: von einem Mädchen mit einem Jungenschatten. Es wird ihn nicht los. Die Schatten ließen auch Dich nicht mehr los.
Und dann gabst Du mir eines Tages Dein neues Stück: *Schattenriß*.
Ich las es in einer Vollmondnacht, die mich nicht schlafen ließ. Ich begann um 4 Uhr. Ich las es zu Ende.
Es gibt Themen, die sind nicht auf die Bühne zu bringen. Obwohl sie so wichtig wären, gerade für Kinder oder Jugendliche. Rauschgiftsucht zum Beispiel oder sexueller Mißbrauch. Natürlich gibt es Stücke dazu.
Alle, die ich zu diesen Themen las, fand ich unerträglich: falsch, einseitig oder peinlich.
Du schreibst in *Schattenriß* über Mißbrauch. Eltern mißbrauchen ihr Kind. Der Vater mißbraucht seine Tochter. Auch die Familie als Teil der Gesellschaft wird mißbraucht.
Dein Stück ist nicht unerträglich, Du hast mich eines Besseren belehrt. (Und so, wie Du meine skeptischen Bemerkungen schätzt, lasse ich mich gerne eines Besseren belehren.)
Du triffst keine Schuldzuweisungen, Du bist nicht einseitig. Sicher, die Eltern sind gefühlskalt. Aber so, wie aus ihrem Heim mit seinen Gardinen ein Gefängnis

wird, so haben sie selbst ein noch größeres übergestülpt, das ironischerweise den Anstrich der großen Freiheit hat – Hollywood.

»Was sitzt in der Badewanne und wird trotzdem nicht naß?« – »Der Schatten!« Frage und Antwort hörte ich vor kurzem, sie stammen aus einem ›Kreativquiz‹. Dieses Quiz bringt mich Deinen Schattengestalten näher als Vergleiche mit den vielen literarischen Schatten-Vorläufern.

Im Schattenreich seiner Träume wird das Mädchen nicht naß, dort wird es nicht tödlich verletzt. Dort kann es sprechen, spielen, wünschen, empfinden. Die Zimmerdecke als Projektionswand seiner nach Leben und Liebe dürstenden Fantasie. Die Welt, die wirklich ist für dieses Kind.

Der Realität, die ihm nur in Verzerrungen gegenübertritt, kann es sich nur verweigern. Ich denke, Dein Ansatz ist richtig.

Du wirst nicht peinlich. Du zeigst den sexuellen Mißbrauch an einem Kind, indem Du von der Bühne aus die Zuschauer zwingst, ihn in ihren Köpfen zu vollziehen. Du verlangst den Zuschauern kein Mitleiden ab, sondern ein Mitgehen mit einem Kind auf der Flucht. Das macht ein unerträgliches Thema erträglich, ein schweres Stück leicht. Und das braucht einiges an Können.

In Deinem Stück ist auch Platz für die Liebe, Du schreibst:

»Liebe ist ... einander der Lichtblick zu sein«
... den anderen nicht in den Schatten zu stellen«
... die andere in das eigene Schattenreich einzuladen«

Danke für die Einladung in Dein Schattenreich!

Marlene

Marlene Schneider, Dramaturgin in Wien

Horst Hawemann, seine Freunde nennen ihn Hawe: »Ich muß unbedingt Hawe anrufen ...«, »Frag doch mal Hawe, was er darüber denkt ...«, so heißt es immer. Also, Hawe hat mich in seiner Inszenierung von »La dama boba« in der Volksbühne am Rosa-Luxemburg-Platz – Wann? Ach, es war, scheint mir, in einem früheren Leben. – also, Hawe hat mich die »dämliche Dame« spielen lassen, diese naive Kindfrau, die mit ihrem »Was ist das?« und ihrem »Ich glaube« eine ganze Gesellschaft festgefügter Normen erst ahnungslos, dann immer bewußter durcheinanderspielt, alle in Erstaunen versetzt, dann in Wut, dann zum Lieben bringt.

Jeder Regisseur, mit dem du arbeitest, berührt eine besondere Saite deines Wesens. Hawemann fragt nach dem Kind in dir, nach diesem verlorenen Wesen, das wir verschluckt haben in der Hast des Alltags, das nun in uns hockt, verängstigt, verschreckt, fast schon nicht mehr auffindbar unter der Flut der Verordnungen. Wie sagt mein Sohn: Das viele Wissen nützt den Menschen gar nichts, wenn sie das Geheimnis töten.

Das Geheimnis ist es, was Hawemann aufspüren will, mit großer Behutsamkeit und tröstender Aufmerksamkeit. Seine Aufführungen sind wie hochgezogene Augenbrauen, etwas für Menschen, die Zwischenräume lieben.

Hawe ist ganz rund, sein Bauch ist rund, seine Augen sind rund, sein Kopf ist rund, und er läßt dich ein in sein rundes Selbst, damit du dich nicht so einsam fühlst. Er erschlägt dich nicht mit seinem Wissen, er läßt dich mitdenken. Er prahlt nicht mit seiner Phantasie, er will, daß du mitspielst. Er sucht das Kind in dir, er spielt, schreibt, denkt, lacht für die Kinder und mit ihnen, weil er dringend Verbündete braucht in dieser

Welt des Kunstlichts, der Gemeinplätze, der unheimlichen Geheimnislosigkeit, in der das Blut zum Himmel spritzt.
Mit großer Scheu, aber beharrlich, stellt Hawemann seine Fragen, hoffend auf Erstaunen, auf Bewegung, auf Liebe: Warum können wir die Wünsche unserer Kinder nicht hören? Wie können wir zurückfinden zum menschlichen Maß? Wann werden wir aufhören uns zu töten?
Warum können wir nicht lieben?
Hawemann ist sehr empfindsam. Er erträgt es nicht, nachlässig behandelt zu werden. Ich kenne einige, die das übertrieben nennen. Aber ich bin fast sicher, würden wir uns weniger vernachlässigen lassen, wären wir empfindsamer ...
Horst Hawemann, ich danke Dir für Deine Verletzlichkeit.

Walfriede Schmitt

Walfriede Schmitt, Schauspielerin in Berlin

Lieber Rudi,

danke, daß Du mir nicht gram bist und mich mit einem ausführlichen Brief würdigst.
Ich will Dir rasch versichern, daß beim Wiederlesen *Der Nibeljunge* noch besser wird, weil sich immer neue Bilder und Schichten erschließen. Du hast ein deutsches Stück für Kinder geschrieben, zu dem es nichts Vergleichbares gibt. Ich will versuchen, zu beschreiben, warum ich es so lese.
Da ist zunächst die stoffliche Ebene, hier geht es nicht, wie in Mode gekommen, um die Kindheit berühmter literarischer Protagonisten, um ihre psychische Empfindlichkeit, durch die späteres Handeln motiviert wird. Auch hast du, zum Glück, vernachlässigt, durch eine Lesart Fabelversatzstücke der alten Geschichten neu zu montieren. Mit dichterischem Gespür baust Du Figuren, die gleichsam aus alten Geschichten entsprungen zu sein scheinen und in einer eigenen Fabel agieren. Das schafft Raum für eigene Assoziationen zu Sagen, Mythen oder im Falle des Kriegskindes zum »Simplizissimus« und mehr. Diese Wurzeln geben den Figuren nicht nur Tiefe, sondern sie werden zu Zeitgenossen, weil sie unsere Grundgefühle und -ängste teilen. – Das ist für mich die politische Dimension des Stückes – es ist ein Zeitstück angesichts des Weltzustandes und der herrschenden Gewalt, die junge Leute direkt ausleben.
Und da bin ich schon auf der nächsten Ebene – der menschlichen Beziehungen, wie sie von den beiden Jungen erlebt wird. Um ihr natürliches Bestreben, erwachsen und von den Großen angenommen zu werden, zu verwirklichen, versuchen sie den an sie gestellten Anforderungen gerecht zu werden, vertrauen sie

dem Meister und seinem Knecht, der sie nicht zu Menschen, sondern zu einem Stück Eisen formt. Aber auch das ist nicht platt dargestellt, vielmehr als Konflikt zwischen dem Weiblichen und dem Männlichen in uns versinnbildlicht. (Am Rande sei vermerkt, daß mir natürlich behagt, als Frau zur besseren Menschheitshälfte gerechnet zu werden.) Die drei Fabelfrauen (die alte Weise, die Mütterliche und die junge Geliebte), der Natur näher als die männlichen Naturzerstörer, sind mit ausgewählter, liebevoller Sorgfalt gezeichnet, kräftig im Bild, im Theaterbild, weil es als Ausdruck für Charakter und in der Beziehung zur Außenwelt steht. Diesen Grundwiderspruch tragen die beiden Jungen mit sich selbst aus – hier haben sie auch Spielraum für eigene Entscheidungen – hier liegt der konzeptionelle Ansatz einer Aufführung für Kinder, weil hier auch im Spiel der Möglichkeiten Fröhlichkeit steckt. Und vor allem möchte ich dem Autor Herfurtner auch an dieser Stelle attestieren: er ist ein großartiger Dramatiker, nur leider schwimmt das deutsche Kindertheater in einer anderen Richtung, besser gesagt, dümpelt es vor sich hin und holt sich ab und an ein wenig Frischwasser aus dem Ausland und schmückt seine Ufer aus anderen Künsten, wo sie zu Kunstblumen werden.

Herzlich, Deine Christel

Christel Hoffmann, Theaterwissenschaftlerin und -pädagogin in Berlin

Lieber Christian,

diesen Brief über den *Igelhans* habe ich Dir nie geschrieben. Was da zu bereden war, haben wir wohl geredet. Wir, jetzt meine ich das Kommunale Kinder- und Jugendtheater Frankfurt, haben das Stück vorigen Herbst zu unserer Eröffnung ziemlich erfolgreich uraufgeführt. Ich will versuchen, jetzt nicht klüger zu schreiben, als ich damals war, irgendwann Ende 1991 oder Anfang 1992, als der Plan reifte, hier in Frankfurt, ausgerechnet, mit dem *Igelhans* anzufangen. Schlimmer noch. Es sollte – als Signal für eine wichtige Arbeitslinie – ein Autorenprojekt sein. Und das kam unter den unsäglichen kommunalpolitischen Umständen dieser städtischen Theatergründung tatsächlich zustande: *Igelhans* und *Bunker*, ein Stück für Kleine und eins für Große, ein schönes Märchen und ein eher unangenehmes Zeitstück, von ein und demselben Autor, mit demselben Ensemble und Regisseur, an ein und demselben Tag.
Der Glücksfall, mit Dir einen Autor zu haben, der das eine und das andere in seinem Kopf bewegt und schreibt; am lebenden Objekt demonstrieren zu können, daß es nicht auf der einen Seite nette Märchenonkel (oder Tanten) gibt, und auf der anderen neurotisierte oder belehrungsfreudige Zeitgenossen, die im Sumpf von Neonazismus, Ausländerhaß, Prostitution wühlen und mit Dynamit spielen; daß beides zwei Seiten einer Medaille sein können: Das war und ist mir wichtig. So sehe ich den inneren Abstand zwischen Kinder- und Erwachsenen-Theater: gleich Null.
Zugleich ist ja Dein Umgang mit der Grimmschen Märchenvorlage »Hansmeinigel« auch geeignet, diese Arbeitsthese zu stützen: daß Kindertheater keine ei-

gene Ästhetik hat und braucht. Legionen von Märchendramatisierungen zeichnen sich dadurch aus, daß die Vorlagen ausgeschmückt, auf ein handelsübliches Maß – gerne auch mit unterhaltsamen Aktualismen – angereichert und/oder psychologisiert werden. Seit Freud und Jung und erst recht Bettelheim wissen wir ja, wieviel Psychologie die alten Geschichten transportieren.

Du machst das Gegenteil, verschärfst eher noch die holzschnittartigen Konturen des Märchens und erreichst damit das Wichtige, was wir auch auf der Bühne dann wollen: daß die Bilder und Situationen offen bleiben, durch Inszenierung geöffnet werden für die Erfahrungen und Phantasien der Zuschauer, vor allem der kindlichen.

Was die Schreibweise angeht, so bist Du für mich kein Meister des Dekorierens, sondern des Wegwerfens. Wir wissen beide, wie oft Dramaturgen und Regisseure schon bei der Lektüre solcher Texte scheitern. In ihrer Kargheit sind sie ja auch schwer zu erarbeiten, weil man zwischen die Repliken und die Wörter muß. Die Mühe lohnt aber. Solche Texte braucht das Theater in einer Zeit redseliger E-Medien.

Ich mochte und mag immer mehr den Igelhans – »ein Kind, das war oben ein Igel und unten ein Mensch« – als Metapher.

Tiere sind auch Menschen. Menschen sind auch Tiere. Man muß nicht Totemist sein, um hier ein sinnfälliges Bild für die Einheit der Natur zu finden – eine schöne und große und notwendige Idee in einer Phase der Geschichte, wo die Zivilisation die Natur und damit uns und alle Igel zu ersticken droht.

Der Igelhans ist das Kind, das anders ist, das Normen und Erwartungen nicht erfüllt. Da hat es nur noch die

Chance, um den Preis des eigenen Lebens den eigenen Weg zu suchen und zu finden. *Igelhans* ist ein Stück über ungeliebte Kinder, über kranke, behinderte Kinder, Kinder fremder ethnischer Herkunft, aber auf einer anderen Ebene, ohne den didaktischen Zeigefinger vieler gutgemeinter und dokumentarisch abgesicherter Stücke zu diesen Themen. Auch darin liegt seine Stärke.

Dabei bewahrt das Stück die ziemlich klare chronologische und hierarchische Zuordnung von Drinnen und Draußen, der Sphären Haus, Wald, Königshof; Familie, Dorf, Arbeitswelt, Politik – und zeichnet so einen Weg von Welterfahrung, einen Weg von verhindertem und verwirklichtem Leben. *Igelhans* ist ein Mutmachstück. Heute weiß ich, daß am Anfang – unserer Aufführung – zu kleine Kinder manchmal weinen. Sie haben so recht wie der Igelhans. Aber die Vorstellung geht ja weiter und das Leben auch.

Die Theaterleute freut natürlich, daß der Igelhans seine Selbstverwirklichung und Macht durch die Kunst erreicht, mit seinem Dudelsack. Wenn man weiß, was wir dann auch gelernt haben: daß die alten Dudelsäcke häufig aus einer ganzen Lammhaut hergestellt wurden, wo die Öffnungen von Hals und Beinen Mundstück und Pfeifen aufnehmen, also aus einem toten Tierkind, dann mag man die archetypische Symbolik dieses Märchens noch weit verfolgen. Unser Frankfurter Igelhans spielt jedenfalls – hab ich Dir das eigentlich je erzählt? – einen solchen alten bulgarischen Dudelsack, dessen nackte, rauhe, graue Haut die ohnehin starke Körperlichkeit dieses Instruments sichtbar werden läßt.

Der Igelhans ist schließlich auch das widerborstige Kind, das sich wehrt. Daß wir in einer Zeit mit einer

starken Polarisierung leben zwischen besonders glatten Kindern und besonders stachligen, macht den Igelhans für mich auch zu einer sehr aktuellen Projektionsfigur.
Da mag ich denn doch nicht verschweigen, was ich damals noch nicht wußte und was Du als ein richtiges Weiterdenken der Figur akzeptiert hast: daß am Ende der Inszenierung von Alexander Brill der Igelhans und seine Prinzessin die Machtübergabe durch den König boykottieren: Sie stehlen sich davon und gehen ihren eigenen Weg. Wohin? Weiß ich's?

Dirk H. Fröse

Dirk H. Fröse, Dramaturg, Übersetzer und Intendant in Frankfurt am Main

Lieber Bojan Papasow,

Ihr Bühnenwerk *Köpfchen, Köpfchen* (bulgarischer Originaltitel: »Glawanazi«, von ›glawa‹ = Kopf) – ein Märchenspiel für Kinder? Oder ein zeitgenössisches Stück, das sowohl für Kinder als auch für Erwachsene gleichermaßen lustig und unterhaltsam, interessant und lehrreich ist?
Ich meine, es ist ein sehr aktuelles Märchen, in dem die Frage nach dem Glück eine wichtige Rolle spielt und das Groß und Klein in gleicher Weise berührt.
Liegt es nicht nahe, daß in einer auf »money« und »business« orientierten Welt Reichtum oft mit Glück gleichgesetzt wird? Hat einer genügend Geld, kann er sich alles kaufen, kann sich alles leisten, alle Wünsche erfüllen, in die fernsten Länder reisen, sich prunkvolle Villen bauen und vieles mehr. Ganz so weit denken Ihre Helden hier zwar nicht. Sie möchten nur nicht länger arm sein, und Glawtscho, der Dummkopf, wie auch Glamtscho, der Hohlkopf, haben eine ganz konkrete und einfache Vorstellung vom Reichtum – Glamtscho möchte sich richtig sattessen können an süßem Brei, an Pudding, Götterspeise oder sonstigen Naschereien, während Glawtscho sich endlich einmal ausschlafen will – schlafen, solange es nur geht, schlafen und träumen, nichts tun und die Welt vergessen . . . Nur Gluptscho, der Trotzkopf, will alles anders machen als seine Brüder. Er will immer das genaue Gegenteil. Für ihn ist Reichtum nicht materiell und nicht in Geld auszudrücken. Er hofft, in der Zauberei sein Glück zu finden. Aber, was ist Zauberei? Gibt es sie denn heute noch? Und wer ist der Zauberer auf der Bühne, der die Geschicke der drei Brüder lenkt? – Ein guter Hirte mit einer Herde Schafe? Oder

Gott Vater selbst, der sich der dummen Menschlein annimmt und sie führt und leitet? Eines allerdings scheint wahr und nimmt in Ihrem Stück, lieber Bojan Papasow, einen zentralen Platz ein: die »Magie«, der Zauber des Wortes. Man könnte auch sagen: die Liebe. Denn sie existiert, und sie ist die wahre Zauberei.
Aus Liebe zu seinen Brüdern gibt Trotzkopf ihnen immer wieder den Zauberstein und hilft ihnen aus der Patsche, obwohl er selbst nur Undank und Nackenschläge erntet.
Aus Liebe ist er bereit, die Brüder vor dem Nichts, vor dem Ungewissen zu bewahren. Aus Liebe kann er verzeihen.
Neun Königreiche lassen Sie die Brüder durchwandern, sogar eine Chimäre heiraten, bis die Dummköpfe zu ihrem Schatz gelangen, den der Zauberer ihnen versprochen hat und der sich bei dem häßlichen Mädchen befindet. Warum das Mädchen so häßlich ist und wie es endlich von dem bösen Zauber erlöst wird – das wird nur einer erfahren, der Ihr Märchenstück liest, oder – noch besser – der es auf der Bühne in einer phantasievollen Inszenierung erleben kann. Das wäre sicher für Sie, lieber Bojan Papasow, ein passendes Geschenk zu Ihrem 50. Geburtstag in diesem Jahr. Ich wünsche es Ihnen von Herzen.

Ihre Mechthild Schäfer

Mechthild Schäfer, Übersetzerin in Berlin

Die Autoren dieses Bandes

Lilly Axster

1963 in Düsseldorf geboren. Studium Theaterwissenschaften, Philosophie und Germanistik in München und Wien. 1990 bis 1992 Hausautorin und Regieassistentin am Theater der Jugend in Wien. Lebt als Autorin und Regisseurin in Wien. Erhielt 1988 für ihr Stück *Leben eben* den Kathrin-Türks-Preis der Stadt Dinslaken.

Theaterstücke: *Leben eben*, 1988; *Doch einen Schmetterling hab ich hier nicht gesehn*, 1988; *Ich habs satt*, 1992; *Geige Cello Baß*, 1992; *Schattenriß*, 1993.

Horst Hawemann

1940 geboren. Erlernte zunächst den Beruf eines Schlossers im Stahl- und Walzwerk Brandenburg. 1961–1966 Studium an der Moskauer Theaterhochschule GITIS. Lebt als Regisseur, Autor und Übersetzer in Berlin.

Theaterstücke: *König Drosselbart und das Mädchen Prinzessin*, 1985; *Die Katze – Spiel mit viel Verwandlung und Entdeckung nach Motiven von Rudyard Kipling*, 1986; *Immer schön Tiger*, 1992; *Alles frei – Stuhl besetzt*, 1992.

Rudolf Herfurtner

1947 in Wasserburg/Inn geboren. Studium Theaterwissenschaften, Germanistik und Anglistik. Lebt als Autor in München. 1981 Förderpreis der Stadt München. 1985 Hans-im-Glück-Preis für seinen Jugendroman *Das Ende der Pflaumenbäume*.

Veröffentlichungen: *Hinter dem Paradies*, Ravensburg 1973; *Die Umwege des Bertram L.*, Ravensburg

1975; *Hard Rock*, Zürich 1979 und Reinbek bei Hamburg 1981; *Brennende Gitarre – Ist Jimi Hendrix wirklich tot?*, Edition Pestum 1980; *Simon Frasers lange Reise zum Pazifik*, Zürich 1981 und München 1984; *Käptn Erwin segelt zur Schokoladeninsel*, München 1984; *Rita Rita*, Aarau 1984; *Der beste Malte aller Zeiten*, München 1985; *Der Wald unterm Dach*, Zürich 1985; *Das Ende der Pflaumenbäume*, Aarau 1985; *Das Christkind fliegt ums Haus*, Stuttgart 1988; *Gloria von Jaxtberg*, Stuttgart 1988; *Rosalinds Elephant*, Aarau 1988; *Mensch Karnickel*, Wien 1990 und München 1992; *Motzarella und der Ärgerriese*, Wien 1990; *Wunderjahre*, Wien 1990; *Motzarella und die Federkerle*, Wien 1991; *Papa, du sollst kommen*, Hamburg 1992; *Motzarella und die Weihnachtswölfe*, Wien 1992; *Taubenmädchen*, Wien 1992; *Lieber Nichtsnutz*, Hamburg 1993; *Motzarella und der Geburtstagsdrache*, Wien 1993.
Theaterstücke: *Café Star-Traum* 1982, *Rita Rita* 1983; *Geheime Freunde* (nach Myron Levoys Roman *Der gelbe Vogel*) 1986; *Nachtvögel* (nach dem gleichnamigen Roman von Tormod Haugen) 1988; *Der Nibeljunge* 1992.

CRISTIAN MARTIN
1950 geboren in Ellefeld/Vogtland. Studium Pädagogik, Deutsch und Geschichte an der Pädagogischen Hochschule in Leipzig. Lehrer in Falkenstein. 1981–84 Fernstudium am Literaturinstitut Johannes R. Becher in Leipzig. Lebt seit 1986 als Autor in Ellefeld.
Theaterstücke: *Hans und Marie* 1982; *Abseits* 1983; *Der Fall* 1984; *Moritz* 1985/89; *Amok* 1987; *Igelhans* 1989; *Golan* 1989; *Vogtländische Trilogie (Traumreise/Abseits/Golan)* 1990; *Erster Mai* 1990; *Bunker*

1991; *Doppelkopf* 1991; *Das tapfere Schneiderlein* 1992; *Lulie und Pulle* 1992; *Fighters* 1993.

BOJAN PAPASOW
1943 geboren in Sofia (Bulgarien). 1965–69 Filminstitut Moskau; 1969–1971 Ausbildung für Filmregisseure in Moskau 1971–1982 Drehbuchautor im Boyana Film Studio. 1978–82 Ehrendozent an der Akademie für Theater und Film in Sofia. 1982 nach der Premiere des Spielfilms *Eine Frau 33* wird Bojan Papasow in der Presse »ideologischer Verbrechen« bezichtigt. Er verliert seine Arbeit, seine Theaterstücke und Filme werden verboten. 1990–1991 Abgeordneter im Parlament. Lebt als Autor, Regisseur und Produzent in Sofia.

Folgende Stücke finden Sie in den bisher erschienenen Bänden der Anthologie *Spielplatz:*

Lilly Axster, Schattenriß. Ab 8 Jahren. In: *Spielplatz 6*

Baggårdteatret, Mohammed. Ab 12 Jahren. In: *Spielplatz 3*

Ad de Bont, Dussel & Schussel. Ab 6 Jahren. In: *Spielplatz 1*

Ad de Bont, Die Ballade von Garuma. Ab 10 Jahren. In: *Spielplatz 4*

Ad de Bont, Das besondere Leben der Hilletje Jans. Ab 8 Jahren. In: *Spielplatz 2*

Beat Fäh, Max. Ab 8 Jahren. In: *Spielplatz 2*

Staffan Göthe, Eine Nacht im Februar. Ab 7 Jahren. In: *Spielplatz 1*

Grips Theater, Stokkerlok und Millipilli von Rainer Hachfeld und Volker Ludwig. Ab 6 Jahren. In: *Spielplatz 3*

Grips Theater, Dicke Luft von Volker Ludwig und Reiner Lükker. Ab 8 Jahren. In: *Spielplatz 1*

Grips Theater, Himmel Erde Luft und Meer von Volker Ludwig. Ab 9 Jahren. In: *Spielplatz 5*

Mary Hall Surface, Wunderkind. Ab 10 Jahren. In: *Spielplatz 3*

Horst Hawemann, Alles frei – Stuhl besetzt. Ab 6 Jahren. In: *Spielplatz 6*

Rudolf Herfurtner, Geheime Freunde. Ab 10 Jahren. In: *Spielplatz 1*

Rudolf Herfurtner, Der Nibeljunge. Ab 8 Jahren. In: *Spielplatz 6*

Rudolf Herfurtner, Nachtvögel. Ab 8 Jahren. In: *Spielplatz 2*

Barbara Honigmann, Das singende springende Löweneckerchen. Ab 6 Jahren. In: *Spielplatz 3*

Nino d'Introna / Giacomo Ravicchio, Robinson & Crusoe. Ab 8 Jahren. In: *Spielplatz 5*

Gerhard Kelling, Das Märchen von dem Dilldapp. Ab 8 Jahren. In: *Spielplatz 3*

Börje Lindström, Acht Jahre. Ab 8 Jahren. In: *Spielplatz 4*

Suzanne van Lohuizen, Der Junge im Bus. Ab 10 Jahren. In: *Spielplatz 2*

Suzanne van Lohuizen, Wer hat meinen kleinen Jungen gesehen? Ab 8 Jahren. In: *Spielplatz 3*

Paul Maar, Das Wasser des Lebens. Ab 6 Jahren. In: *Spielplatz 3*

Christian Martin, Igelhans. Ab 6 Jahren. In: *Spielplatz 6*

Pauline Mol, Iphigenie Königskind. Ab 10 Jahren. In: *Spielplatz 5*

Bojan Papasow, Köpfchen, Köpfchen. Ab 6 Jahren. In: *Spielplatz 6*

Hansjörg Schneider, Rotkäppchen spielen. Ab 5 Jahren. In: *Spielplatz 2*

Manuel Schöbel, Mamapapa. Ab 8 Jahren. In: *Spielplatz 4*

Friedrich Karl Waechter, Der Teufel mit den drei goldenen Haaren. Ab 7 Jahren. In: *Spielplatz 1*

Friedrich Karl Waechter, Ixypsilonzett. Ab 5 Jahren. In: *Spielplatz 4*

Albert Wendt, Der Vogelkopp. Ab 6 Jahren. In: *Spielplatz 5*

Kinder- und Jugendtheater

Augenblicke
Zum Theater für Kinder und Jugendliche in Deutschland. Herausgegeben vom Kinder- und Jugendtheaterzentrum der Bundesrepublik Deutschland. 154 Seiten. Großformat. Mit zahlreichen Abbildungen. Broschur

Norberto Avila, Hakims Geschichten
Deutsche Fassung von Thomas Brasch. 53 Seiten. Broschur

Ken Campbell, Fazz und Zwoo. Die Schlündelgründler
Deutsch von Friedrich Karl Waechter und Wolfgang Wiens
176 Seiten. Broschur

Michael Fackelmann, Roboter lachen nicht
44 Seiten. Broschur

Wilfrid Grote, Hinter den sieben Tapeten
Fünf Theaterstücke für Kinder. 168 Seiten. Engl. Broschur

Rainer Kirsch, Das Feuerzeug
Nach Grimm und Andersen. 75 Seiten. Broschur

Friedrich Karl Waechter, Kiebich & Dutz / Pustekuchen
112 Seiten. Englische Broschur

Friedrich Karl Waechter
Schule mit Clowns / Ausflug mit Clowns
96 Seiten. Englische Broschur

Friedrich Karl Waechter
Der Schweinehirtentraum / Die Bremer Stadtmusikanten
96 Seiten. Englische Broschur

Theaterbibliothek **Verlag der Autoren**

Das deutschsprachige Kindertheater ist ohne die Einflüsse aus dem Ausland nicht denkbar. Die wichtigsten Impulse kamen in den letzten 10 Jahren aus Schweden und aus den Niederlanden.

Schwedisches Kindertheater

Herausgegeben und mit einem Nachwort versehen von Dirk H. Fröse. 192 Seiten, Englische Broschur

Fünf Stücke: Staffan Göthes *Das Mädchen im Espenbaum* zeigt ein Mädchen, das nicht mitmachen will, aber auch nie richtig sagen kann, warum nicht. Torsten Letsers *Kleiner Prinz von Dänemark* erzählt die Geschichte des Hamlet neu. *Sprit* von Börje Lindström beschreibt die Probleme des Alkoholismus aus der Sicht von Kindern. Per Lysander und Suzanne Osten greifen in ihrem Stück *Medeas Kinder* das Thema Trennung und Scheidung der Eltern auf. *Das kleine wilde Tier* von Med Reventberg ist ein Märchen und Zauberstück für die jüngsten Theaterzuschauer.

Kindertheater aus den Niederlanden

Mit Zeichnungen von Cees Landsaat und einem Nachwort von George Podt und Dagmar Schmidt. 245 Seiten, Broschur

Fünf Stücke: Roel Adam übersetzt in Über *Morgen* die Ankunft eines kleinen Geschwisterchens ins Märchenhafte. In *Das ertrunkene Land* greift Ad de Bont das schwierige Thema Tod auf, findet dafür eindringliche Bilder. Suzanne van Lohuizen beschreibt in *Das Haus meines Lebens* mit surrealen Bildern die Schwierigkeit der Loslösung vom Elternhaus. *Guten Tag Monster* von Pauline Mol ist eine spielerische Variante des berühmten Märchens von der Schönen und dem Tier. Heleen Verburgs *Winterschlaf* könnte man auch als ein "Frühlingserwachen" für Kinder bezeichnen.